KB161388

커피우유와 소보로빵

커피우유와 소보로빵

카롤린 필립스 지음 | 전은경 옮김 | 허구 그림

푸른숲주니어

1

10월 3일 목요일, 오후 6시.

샘은 벌써 한 시간 전부터 자기 방 창턱에 걸터앉아 소녀를 기다리고 있었다. 무릎 위에 국어책을 펼쳐 놓고 늦여름에 관한 내용이 실려 있는 쪽을 읽고 또 읽었다.

담임인 핑케팡 선생님이 내일 쪽지 시험을 본다고 했다. 늦여름에 관한 이야기와 연날리기에 관한 내용이 실려 있는 쪽을 시험 범위로 정해 주었는데, 어느 쪽에서 문제가 나올는지는 아직 알 수가 없었다. 사실 샘은 늦여름 이야기보다 연날리기 이야기가 더 마음에 들었다.

책장을 다음 쪽으로 넘겼다. 주르르 흘러내리는 글 옆에 연을 날리고 있는 남자아이의 사진이 천연색으로 펼쳐져 있었다.

아빠는 나중에 이것과 똑같은 연을 만들어 주겠다고 약속했다. 빨간색 몸통에 조종하는 줄이 두 개 달려 있으며, 꼬리가한없이 길게 늘어뜨려지는 멋진 연.

'도대체 소냐는 왜 아직 안 오는 거야?'

이렇게 오랫동안 오지 않을 줄 알았으면, 쪽지 시험 공부라도 좀 해 둘 텐데……. 창문 밖을 연거푸 살펴보았지만, 소냐가 올 기미는 전혀 보이지 않았다. 샘은 한숨을 푹 내쉬며 책장을 다시 앞으로 넘겨 늦여름 이야기로 돌아갔다.

"두 편의 이야기를 잘 읽어 둬. 어려운 단어들은 특히 더 눈여겨보고."

어제 수업이 끝날 즈음, 핑케팡 선생님이 이렇게 말했다.

"그럼 쪽지 시험 보는 거예요?"

저런 걸 물어보다니, 정말이지 보리스다운 짓이다. 또 백점을 받고 싶은 거겠지. 나도 물론 백점을 받고 싶긴 하지만, 저런 걸 물어볼 바에야 차라리 혀를 깨물고 죽어 버릴 거다. 학교에서 벌어지는 일 중에서 가장 끔찍한 건, 친구들에게 죽어라고 공부하는 아이로 낙인찍히는 거니까.

핑케팡 선생님은 그렇다고도, 아니라고도 대답하지 않은 채아이들을 향해 의미심장하게 웃음을 지어 보였다. 물론 아이들은 선생님의 웃음이 무엇을 뜻하는지 단박에 알아차렸다.

샘은 선생님이 자기처럼 연날리기 이야기를 더 좋아할 거라고 단정할 수는 없었다. 늦여름 이야기에 어려운 단어가 훨씬 더 많이 나오기 때문이었다. 쪽지 시험 문제를 내기엔 그쪽이 더 좋을지도 몰랐다. 그래서 그런지 자꾸만 선생님이 그 이야기를 선택할 것만 같은 불길한 예감이 가슴속으로 파고들었다.

손목시계를 들여다보았다. 6시 4분.

'소냐는 왜 아직도 안 오는 거야?'

샘은 연필을 아주 천천히 깎은 다음, 책가방에서 공책을 꺼내어 어려운 단어를 골라 쓰기 시작했다. 쪽지 시험에서 두어 개쯤 틀린다 해도 그리 대수로운 일은 아니지만 엄마는 생각이 전혀 다른 모양이었다.

"엄마 아빠는 교육을 받을 기회가 아예 없었어. 하지만 넌 지금 마음만 먹으면 얼마든지 교육을 받을 수 있잖니? 넌 이다음에 우리보다 잘살아야 해. 그러려면 배우고, 배우고, 또 배워야 하지."

엄마는 늘 이렇게 말했다.

창문 옆에 서 있으면 주택 단지의 안마당과 놀이터, 그리고 거리가 아주 잘 보였다. 샘이 친구들과 자주 축구를 하곤 하던 주차장에 오늘따라 자동차가 굉장히 많이 늘어서 있었다.

오늘은 독일의 통일을 기념하기 위해 새로 지정한 국경일이었다. 그래서 대부분의 사람들은 일터에 나가지 않았다. 가족과 함께 전철을 타고 시내로 나간 사람들도 많았다.

시내의 호수 주변에서 축제가 열리고 있기 때문이었다. 노점이 빙 둘러서 있는 호숫가로 어릿광대와 배우들이 나와서 공연도 하고 음악도 연주한다고 했다. 이 국경일에는 해마다 도시를 바꿔 가며 축제를 열 계획이라고 했다. 신문에서 언젠가 그런 내용의 기사를 읽은 적이 있었다.

샘도 축제에 가고 싶었지만, 엄마 아빠 둘 다 몹시 바빴다. 엄마는 병원에서 간호사로 일하고 있었고, 아빠는 전철의 운전사로 일하고 있었다. 아빠는 교대 근무를 하기 때문에 밤늦게까지 일할 때가 많았다.

물론 엄마 아빠도 마음만 먹었더라면, 오늘 같은 날 휴가를 낼 수 있었을지도 몰랐다. 며칠 전, 엄마 아빠가 이 문제에 관해 이야기하는 걸 들었다.

"하지만 그날이 우리에게도 국경일이 될지 어떨지는 모르겠는걸."

아빠가 이야기 끝에 이렇게 말했다. 샘은 아빠에게 그게 무슨 뜻이냐고 묻고 싶었다. 하지만 아빠 목소리가 너무나 슬프

게 들려서 차마 입이 떨어지지 않았다. 아빠가 그런 목소리를 낼 때는 왠지 질문을 많이 하지 않는 편이 좋을 듯했다.

'괜찮아, 내겐 다행스럽게도 세상에 둘도 없는 친구 소냐가 있잖아.'

소냐는 오늘 밤 11시에 호숫가에서 열리는 불꽃놀이에 엄마 아빠와 함께 가기로 했다고 했다. 그런데 기특하게도 샘의 사정을 알아차리고, 함께 갈 수 있도록 부모님의 허락을 받아 냈다는 것이다.

샘은 책을 덮었다. 공부를 하기에는 마음이 너무나 들떠 있었다. 물론 텔레비전에서 불꽃놀이를 본 적은 있지만, 오늘 밤과 같이 성대하게 열리는 것을 실제로 본 적은 단 한 번도 없었다. 아, 어느 해인가 12월 31일에 아빠와 함께 불꽃놀이 로켓을 쏜 적은 있었다.

오늘 밤에는 국경일을 축하하기 위해 정말로 대단한 불꽃놀이를 할 거라는 소문이 퍼져 있었다. 며칠 전부터 기술자들이 호수 한가운데에 있는 인공 섬에서 불꽃놀이 준비를 하고 있다는 것이었다.

이 이야기는 같은 반 친구인 스벤이 어제 학교에서 들려주었다. 그 애 아빠는 매일 아침 호숫가를 지나 출근하는데, 기술자들이 그곳에 모여서 준비하는 것을 여러 차례 보았다고 했다.

샘은 다시 거리를 내다보았다. 저쪽에서 달려오는 사람이 소냐인가? 아니었다. 소녀 한 명이 옆 건물로 달려와서는 출입문 안쪽으로 순식간에 사라졌다. 이윽고 계단을 올라가는 그림자가 보이는가 싶더니, 3층의 어느 집 안으로 쏙 들어가 버렸다.

'소냐가 약속을 잊지 말아야 할 텐데…….'

샘은 집으로 돌아오는 사람들의 얼굴을 하나하나 살펴보았다. 모두들 축제에서 돌아오는 모양인지 즐거운 표정으로 환하게 웃고 있었다. 아이들은 대부분 손에 풍선을 들고 있었는데, 몇몇은 솜사탕을 빨기도 했다. 샘은 흠흠, 하면서 냄새를 맡았다. 어디선가 구운 아몬드 냄새가 나는 것 같았다.

샘은 바지 주머니에 들어 있는 2유로짜리 동전을 만지작거렸다. 오늘 아침에 아빠가 준 돈이었다.

'솜사탕을 사 먹어야지. 아니, 솜사탕 말고 구운 아몬드를 사 먹을까? 뭘 먹어야 할지 모르겠네. 운이 좋으면 둘 다 사 먹을 수도 있겠지.'

샘은 걱정스런 얼굴로 하늘을 올려다보았다. 설마 비가 오진 않겠지? 뉴스에서 일기 예보를 할 때는 비가 온다는 소식은 없었다. 하지만 일기 예보를 하는 아저씨가 샘을 실망시킨 적이 어디 한두 번이던가.

'지난번 학교 소풍 때 햇볕이 쨍쨍 내리쬘 거라더니……. 흠, 결과는 어땠어? 비가 마구 퍼부었잖아!'

그다음부터 일기 예보를 믿느니 차라리 하늘을 올려다보고 관찰하는 편이 낫겠다는 생각이 들었다. 오늘 밤에는 다행히 비가 올 것 같지 않았다. 구름 한 점 없으니까. 불꽃놀이를 하기에는 더없이 이상적인 날씨군.

6시 20분. 전화벨이 울렸다. 엄마였다.

"나갈 때 옷 따뜻하게 입어. 바깥 날씨가 많이 차가워졌네. 문을 두 번 돌려 잠그는 거 잊지 말고."

"알았어요."

샘은 대답을 하며 인상을 썼다. 엄마가 얼굴을 볼 수 없다는 게 얼마나 다행스러운지 몰랐다. 엄마는 매사에 걱정이 너무 많았다.

아직도 나를 어린애라고 생각하는 모양이다. 나도 이제 열두 살인데……. 문 잠그는 법 정도는 충분히 알 만한 나이구면. 집에 처음으로 혼자 있는 것도 아니고. 하긴 소냐 엄마도 똑같다고 그랬지. 어른들은 어쩔 수가 없다. 엄마들이란 원래 다 그런가 보다.

샘은 청재킷을 걸쳐 입은 다음, 부엌에서 바싹 말라 비틀어진 빵을 하나 가지고 나왔다. 그리고 다시 창문 앞으로 가서 섰다.

6시 30분. 샘은 불안감을 감추지 못하고 양쪽 다리를 번 갈아 가며 깡충거렸다. 이제 정말 소녀가 와야 하는데! 설마 날 잊어버린 건 아니겠지? 혹시 잊어버리고 그냥 가 버린 걸 까? 차라리 소녀한테 가 볼까? 하지만 날 데리러 온다고 했는 데……. 맞아, 확실히 그렇게 말했어. 확실해, 흠……. 2분 전 까지만 해도 확실하다고 생각했어. 하지만 지금은…….

샘은 소녀가 오는지 안 오는지 살펴보기 위해, 밖으로 잠깐 나가 보는 편이 좋겠다는 생각이 들었다.

2

샘이 막 몸을 돌렸을 때, 한 떼의 사람들이 눈에 들어왔다. 처음에는 이맘때 어디서나 볼 수 있는 등불 행렬인 줄 알았다. 부모와 아이들, 그리고 작은 악단이 어우러진⋯⋯.

"반짝반짝 작은 별⋯⋯."

하는 등불 행렬의 노랫소리가 마치 귓전에서 울리는 듯했다. 위에서 내려다보는 등불 행렬은 참으로 아름다웠다. 등불 하나하나가 마치 작은 반딧불인 양 이리저리 흔들거렸다.

하지만 그들이 가까이 다가오자, 등불 행렬이 아니라는 걸 깨달았다. 어린아이는 한 명도 없는 데다, 누구 하나 손에 등불을 들고 있지도 않았다. 자세히 보니, 열다섯 명에서 스무 명쯤 되는 소년들이었다. 대개 열다섯에서 열여섯, 열일곱 살 정도 돼 보였다. 그들은 모두 손에 횃불을 들고 있었다.

샘은 그들이 가까이 다가오는 모습을 조용히 지켜보았다. 노래를 부르면서 이따금씩 뭐라고 소리를 지르곤 했는데, 무슨 말인지 도무지 알아들을 수가 없었다. 노래의 내용 또한 정확히 알 수가 없었지만, 왠지 모르게 겁이 더럭 났다.

샘은 은근슬쩍 소녀가 걱정되기 시작했다. 저 사람들과 맞닥뜨리지 말아야 할 텐데. 무슨 일이 벌어질지 알 수 없잖아. 저 사람들은 어쩌면 술에 취한 건지도 몰라. 아무래도 소녀를 맞으러 나가 봐야겠다.

바로 그때, 첫 번째 돌멩이가 날아갔다. 옆 건물 3층에 있는 어느 집의 유리창이 돌에 맞아 깨졌다. 그다음 돌멩이는 1층에 있는 어느 집 벽을 맞췄다.

샘은 더 잘 보기 위해 몸을 바깥으로 쑥 내밀다가, 하마터면 몸의 균형을 잃고 아래로 떨어질 뻔했다. 그런데 그 순간 출입문 쪽의 벽면에 무언가 붉은빛이 어리는 것이 보였다. 자세히 보니 누군가가 던진 붉은색 물감의 튜브가 터지면서 내용물이 벽면을 타고 흘러내리고 있었다.

샘은 벽면을 따라 흘러내린 뒤, 땅바닥으로 방울져 떨어지는 붉은색 물감을 물끄러미 내려다보았다. 이내 물감 방울들이 모여서 작은 웅덩이를 이루었다. 붉은 피처럼 보이는 작은 웅덩이…….

샘은 그것이 한낱 물감에 불과하다는 것을 알면서도, 소스라치게 놀라며 얼른 고개를 빼어 뒷걸음질을 쳤다. 방 안이 어두운 게 천만다행이었다.

'아, 참! 부엌에 불이 켜져 있었지!'

샘은 불을 끄려고 부엌으로 뛰어갔다. 부엌 창문은 안마당 쪽으로 나 있어서 조금 안심이 되긴 했지만, 아주 작은 불빛이라도 밖으로 새어 나가게 하고 싶지 않았다. 아무래도 밖에 있는 저 소년들이 집 안에 아무도 없다고 생각하는 편이 좋을 테니까.

샘은 발뒤꿈치를 들고 살금살금 걸어서 다시 창문 앞으로 간 뒤 바깥을 주의 깊게 살펴보았다. 밖에는 아무도 없었다.

다행이다! 그제야 안심을 하고 한숨을 내쉬었다. 그런데 갑자기 바깥에 있던 쓰레기통에서 시꺼먼 연기가 솟아올랐다.

순간, 구경꾼들이 안마당으로 우르르 모여들었다. 구경꾼들은 몇 미터 거리를 두고 떨어져 서서는 난동을 부리는 소년들의 모습을 말없이 지켜보았다. 소년들은 구경꾼들을 아랑곳하지 않은 채 남의 집 창문에다 돌을 마구 던져 대었다.

구경꾼들은 그 소년들과 함께 돌을 던지지는 않았지만, 여전히 아무 말도 하지 않은 채 그냥 그렇게 그 자리에 서서 바라보기만 했다. 구경꾼들 중에는 아이들도 있었다. 몇 명은 아직 손에 풍선이나 솜사탕을 들고 있기도 했다. 솜사탕이 가로등 불빛을 받아 반짝거렸다.

이윽고 집 안에 있던 사람들까지 소란스런 소리를 듣고 발코니로 몰려 나왔다. 그중에는 샘이 아는 사람들도 꽤 섞여 있었다.

오른쪽 건물의 2층 발코니에 서 있는 사람은 슈묄너 할아버지였다. 샘은 가끔씩 이 할아버지의 장을 대신 봐다 주곤 했다. 그러면 할아버지는 우표첩에 모아 둔 우표들 중에서 몇 장을 골라 상으로 주었다.

그 위층 발코니에는 프라우케가 서 있었다. 프라우케는 샘과 같은 반이었다.

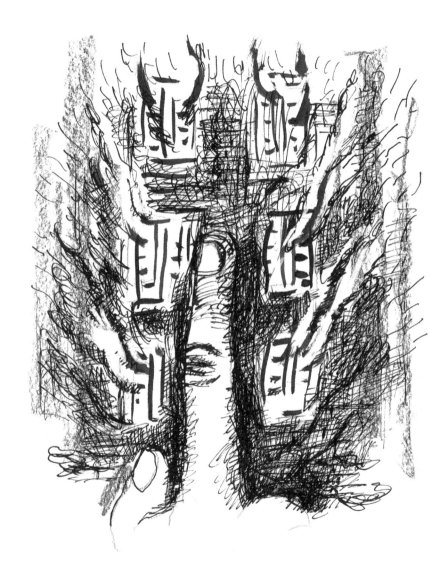

'프라우케는 쪽지 시험 공부를 다 했을까?'

프라우케 옆에는 부모님과 오빠가 서 있었다. 프라우케의 오빠는 평소에 무척 친절한 편이었다. 샘에게 스케이트보드 타는 법을 가르쳐 주기도 하고, 스케이트보드를 탈 수 있게 꾸며 놓은 공원에 데려가기도 했다. 또 언젠가는 다른 사람들에게 샘을 아주 재능 있는 소년이라고 소개하기도 했다.

그러나 그 형도 지금은 다른 사람들처럼 우두커니 서서 소년들의 모습을 지켜보기만 할 뿐이었다. 샘은 거리의 상황을 좀 더 자세히 보기 위해 몸을 앞으로 조심스럽게 숙였다.

바로 그때, 누군가의 목소리가 들려왔다! 샘은 깜짝 놀라 자기도 모르게 몸이 굳어 버렸다.

"저기, 깜둥이다!"

소년들은 동시에 샘의 얼굴을 쳐다보았다. 어느새 그들은 샘의 집 창문 바로 밑으로 와 있었다. 맨 앞줄에 서 있던 소년 중 한 명이 다시금 소리를 지르며 샘을 손가락으로 가리켰다.

샘은 창문을 황급히 닫았다. 그러나 너무 늦었다! 돌멩이가 창문을 뚫고 들어와, 샘의 머리 바로 옆을 스쳐 침대 쪽으로 날아갔다. 유리 조각들이 청재킷과 바지로 튀더니 이내 신발 위에도 떨어졌다. 샘의 얼굴에 유리 조각 하나가 날아와서 박혔다. 뺨에서 피가 흘러내렸다.

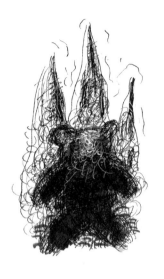

샘은 그 자리에 얼어붙은 듯이 서서, 유리 조각을 뚫어지게 내려다보았다. 그때 갑자기 뭔가 타는 듯한 냄새가 나기 시작했다. 샘은 깜짝 놀라서 방 안을 둘러보았다. 베개 위에 올려놓은 곰 인형이 불에 타고 있었다!

자세히 보니, 곰 인형은 돌이 아니라 화염병에 맞은 것이었다. 샘은 침대 앞으로 달려가 곰 인형을 집어 든 뒤 욕실로 뛰어갔다. 욕조의 수도꼭지를 틀고, 불이 붙은 곰 인형을 그 밑에 갖다 댔다. 연기가 솟아오르면서 지독한 냄새가 났다. 샘은 연거푸 기침을 하며 숨을 가쁘게 몰아쉬었다.

"불이 붙었을 때 물을 끼얹으면 안 돼. 담요를 덮어서 불길을 잡아야지."

핑케팡 선생님이 바로 지난주에 불 끄는 방법을 가르쳐 주었다. 샘은 선생님이 가르쳐 준 소방 규칙을 잘 외워서 만점까지 받았다.

하지만 이미 너무 늦었다. 욕실은 연기로 가득 찼고, 샘의 눈은 가시로 찌르는 듯 따가웠다. 창문을 활짝 열고 숨을 크게 들이마셨다. 욕실 창문은 다행히 안마당으로 나 있었다. 샘은 곰 인형을 물에서 건져 올린 뒤 다시 방으로 돌아왔다.

어느새 이불에도 불이 옮겨붙어 활활 타고 있었다. 연기가 너무 많이 나서 앞이 잘 보이지 않았다. 샘은 두 손으로 이불을 움켜쥔 다음 창문 쪽으로 질질 끌고 갔다. 그러고는 창문을 열고 아래로 휙 던져 버렸다.

이불은 연기를 내뿜으며 돛을 단 듯이 날아 내려가 구경꾼들 사이로 떨어졌다. 사람들이 깜짝 놀라 옆으로 비켜섰다. 다행히 아무도 다치지 않았지만, 사람들은 샘의 행동에 몹시 화가 난 듯했다. 그중 한 명이 샘을 올려다보며 소리를 질렀다.

"너, 지금 뭐 하는 거야? 눈도 없니? 여긴 아이들도 있단 말이야!"

그러나 샘에게는 그 말이 들리지 않았다. 그때 샘은 욕실로 가서 수돗물을 틀어 놓고 화상 입은 손을 식히고 있었기 때문이다. 양쪽 손 모두 끔찍스럽게 쓰라렸는데, 오른쪽 손이 특히 더 심했다. 온통 빨갛게 물들어 버린 손에 벌써 물집이 생기고 있었다.

하필이면 엄마가 약상자가 들어 있는 수납장을 잠가 두어서 화상 연고를 바를 수도 없었다.

'가만있자. 소냐 아빠가 어려서 화상을 입었을 때, 화상 연고가 없어서 치약을 발랐다고 했던 것 같은데…….'

샘은 곧장 오른손에 치약을 두껍게 펴 발랐다. 치약에서 박하 냄새가 번지자, 정말로 시원해지는 듯한 느낌이 들었다.

샘은 방으로 돌아온 뒤에도 무서워서 불을 켤 수가 없었다. 바깥에서는 아직도 고함 소리가 들려왔다. 깨진 유리창 틈으로 조심스럽게 바깥을 내다보았다.

3

'저기, 4층 발코니에 서 있는 아이……. 보리스 아니야? 걔네 아빠도 그 옆에 있군.'

보리스는 그때 막 샘이 있는 방의 깨진 유리창을 손가락으로 가리키고 있었다. 순간, 샘은 보리스가 지금 자기 아빠에게 무슨 말을 하고 있을지 궁금해졌다. 나한테 이런 일이 벌어진 걸 기뻐할까? 그 녀석이라면 분명 그렇겠지.

평소에 보리스는 샘을 몹시 싫어해서 볼 때마다 놀려 대곤 했다. 오전에는 학교에서, 오후에는 놀이터에서. 그 녀석은 언제 어디서든 만나기만 하면 놀렸다.

샘은 다친 손이 너무나 아파서 자기도 모르게 얼굴을 찡그렸다. 손이 무척 쑤셨다. 치약을 발랐는데도 불이 붙은 듯 화끈거렸다. 그러다 문득 소냐 생각이 났다. 시계는 6시 45분을 가리키고 있었다.

'아니, 시간이 요것밖에 안 지났나? 한 시간은 더 지난 줄 알았는데.'

샘은 깨진 창문 틈새로 다시 바깥을 내다보았다. 소냐다, 저기 소냐가 온다!

소냐는 스케이트보드를 타고 쏜살같이 안마당을 가로지르더니, 노련한 솜씨로 한데 모여 있는 구경꾼들의 주위를 빙그르르 돌았다. 그러고는 조금 전까지 난동을 부리던 소년들의 사이를 유유히 뚫고 지나갔다.

소년들은 깜짝 놀라서 옆으로 비켜섰다. 소냐는 멋지게 곡선을 그리더니 소년들의 선두 바로 앞에 멈춰 섰다. 맨 앞에 있던 소년은 소냐의 기세에 눌렸는지 손에 들고 있던 돌멩이를 그만 자기 발에 떨어뜨리고 말았다. 그러고는 아프다고 소리를 지르며 한 발로 껑충껑충 뛰었다.

"너, 미쳤어?"

그는 소냐에게 버럭 소리를 질렀다.

"미안해, 그렇게 겁쟁이인 줄은 몰랐지."

소냐는 스케이트보드를 들어 올려 옆구리에 끼면서 대답했다. 그러자 소년은 주먹을 휘두르며 이렇게 소리쳤다.

"썩 꺼져, 이 계집애야! 어서 꺼지지 못해?"

샘이 창가에 서서 두려움으로 식은땀을 흘리는 동안, 소녀는 보란 듯이 천천히 걸어서 출입문 쪽으로 향했다. 그러다 갑자기 우뚝 멈추어 섰다. 무언가 붉은 것이 벽에서 방울져 미끄러져 내리더니, 소녀의 발 앞에 똑 떨어졌던 것이다.

이번에는 소녀가 깜짝 놀라서 옆으로 비켜섰다. 소년들은 그 모습을 보고 배꼽을 잡으며 웃어 댔다.

"너희들, 여기서 뭐 하는 거지?"

"내가 방금 꺼지라고 했지!"

선두에 서 있던 소년이 위협적인 몸짓으로 소녀에게 한 발짝 다가섰다. 빙 둘러서 있던 구경꾼들 중에서 아저씨 한 명이 소녀의 손을 잡아끌며 귓속말을 했다.

"애야, 넌 이쯤에서 그만 가는 게 좋겠다. 너 같은 여자아이에겐 이곳이 너무 위험해."

"그렇지만……."

아저씨는 소녀를 출입문 안으로 밀어 넣은 뒤, 복도 끝으로 사라질 때까지 지켜보고 서 있었다. 그런 다음 다시 구경꾼들 틈으로 돌아갔다.

소녀가 초인종을 누르기도 전에 샘이 현관문을 열어 주었다. 소녀는 계단을 급하게 올라오느라 숨이 턱까지 차 있었다.

"저 아래에 있는 깡패들 봤어? 쟤네들, 여기서 도대체 뭘 하는 거야?"

소냐는 아직도 분이 풀리지 않은 듯한 목소리로 물었다. 샘은 뭐라고 대답해야 좋을지 알 수가 없었다. 다친 손을 등 뒤로 감춘 뒤, 아무런 대꾸도 없이 그냥 가만히 서 있었다.

"여긴 왜 이렇게 어두워? 왜 불을 켜지 않고 있는 거니?"

소냐는 미처 말릴 새도 없이 전등의 스위치를 올렸다. 그러자 현관이 환하게 밝아 왔다. 샘은 소냐를 옆으로 밀치며 스위치를 다시 내렸다. 그것을 보고 화가 난 소냐가 소리를 마구 지르자, 샘은 손을 움켜잡고 자기 방 창문 옆으로 데려갔다.

"어머나, 세상에!"

소냐가 깜짝 놀라 소리쳤다.

"무슨 일이야? 돌이 날아왔어?"

"화염병이야. 이불에도 불이 붙어서 창밖으로 던져 버렸어. 내 곰 인형도 새까맣게 타 버렸고."

소냐는 서글픈 표정으로 곰 인형을 내려다보았다. 그러다가 털에 묻은 그을음을 긁어내더니, 기침이 날 정도로 한참 동안 훅훅 불었다.

"타 버린 털은 가위로 잘라 내면 괜찮을 거야."

이렇게 말하면서도, 소냐는 자신의 말이 샘에게 크게 위안이 되지 않을 거라는 걸 알고 있었다. 그저 샘을 위로하기 위해서 해 본 말에 불과했다.

샘은 창문 옆에 서서 밖을 내다보다가, 소녀에게 오라고 손짓을 했다. 소녀는 조심스럽게 창문 쪽으로 다가가 아래를 내려다보았다. 소년들 중 한 명이 몸을 숙이고 바닥에서 돌을 집어 들었다. 다른 손에는 맥주병이 들려 있었다. 금세라도 샘의 집 창문을 향해 돌을 던질 태세였다.

바로 그때, 소녀가 창문을 활짝 열고 머리를 밖으로 내밀었다. 돌을 던지려던 소년은 금발에 흰 피부의 소녀가 창문에 나타나자 당황스런 표정을 지으며 멈칫거렸다.

"썩 꺼져!"

소녀는 분이 가득 찬 목소리로 외쳤다.

"우리 아빠는 경찰관이야. 경찰들이 금방 들이닥칠걸! 그럼 네가 무슨 꼴을 당하게 되는지 어디 한번 두고 보자!"

소녀 아빠가 경찰관이라든가 경찰들이 지금 오고 있는 중이라든가 하는 말은 물론 모두가 거짓이었다. 하지만 그 거짓말의 효력은 금세 나타났다.

"저 집이 아닌가 봐!"

그가 친구에게 소리쳤다.

"경찰이 곧 온다잖아!"

"올 테면 오라고 해!"

다른 소년이 소리치며 맥주병을 소녀에게 흔들어 보였다.

"인사차 뒤통수에 폭탄을 날려 줄 테니!"

그러자 함께 있던 다른 소년들이 큰 소리로 한바탕 웃음을 터뜨리더니, 소녀를 향해 맥주병을 위협적으로 흔들어 댔다. 그렇지만 소녀가 한 말은 그런대로 꽤 효력이 있었다. 오래지 않아 그들은 천천히 뒤로 물러나기 시작했고, 구경꾼들도 하나둘씩 어디론가 사라져 버렸다.

얼마 후, 정말로 경찰이 도착했다. 그러나 그때는 이미 난동을 부리던 소년들이 모두 사라진 뒤였다. 경찰이 발견한 거라고는 기껏해야 깨진 창문과 더럽혀진 벽, 타 버린 이불 정도가 다였다.

지역 신문의 취재 기자 몇 명이 경찰보다 먼저 도착해, 현장에 있던 사람들을 상대로 인터뷰를 하기 시작했다. 기자들은 유리창이 깨진 집을 일일이 찾아가 초인종을 눌렀지만, 아무도 문을 열어 주지 않았다. 샘의 집에도 찾아왔으나, 샘과 소녀 역시 문을 열어 주지 않았다.

발코니에 나와 있던 사람들마저 모두 집 안으로 들어가자, 여기저기서 텔레비전이 켜지기 시작했다.

4

샘과 소냐는 한동안 창가에 그대로 서서, 경비 아저씨가 큰 소리로 욕을 하며 깨진 유리 조각들을 쓸어 담는 모습을 지켜보았다.

기자 한 명이 경비 아저씨의 코앞에 마이크를 들이댔다. 아저씨는 무언가 일이 벌어지기만 하면 쓰레기 치우는 것은 으레 자기 몫이라면서 흥분해서 말했다.

그때 갑자기 공중에서 불빛이 번쩍이자, 샘은 깜짝 놀라 자기도 모르게 몸을 움츠렸다. 하지만 이번 불빛은 취재진 중 사진 기자가 사진을 찍느라고 플래시를 터뜨린 것이었다.

"저기 좀 봐."

소냐가 건너편 건물의 발코니에 있는 어떤 형체를 손가락으로 가리켰다. 다른 사람들은 진작에 집 안으로 들어갔는데, 그쪽 발코니에는 아직도 한 사람이 남아서 이쪽을 건너다보고 있었다.

"저건 보리스잖아!"

"응, 쟤는 저녁 내내 저기 서서 이쪽을 보고 있었어."

그때 건너편 건물의 출입문이 열리고, 남자 한 명이 쓰레기가 가득 든 양동이를 들고 밖으로 나왔다. 그 남자는 주변을 이리저리 둘러보더니, 천천히 큰 쓰레기통 쪽으로 걸어갔다. 바로 그 순간, 기자가 그를 발견했다. 기자는 기회를 놓칠세라, 경비 아저씨하고 하던 인터뷰를 중단하고 황급히 그에게로 뛰어갔다.

기자가 다가오자, 그 남자는 쓰레기가 든 양동이를 얼른 땅바닥에 내려놓았다. 취재 기자는 그에게 질문을 던지고 사진을 찍었다.

"저 사람은 보리스 아빠야."

그 모습을 지켜보던 샘이 경멸하는 투로 말했다. 그러고는 거실에서 아빠의 망원경을 가지고 나와, 보리스 아빠가 인터뷰하는 모습을 자세히 살펴보았다.

"나도 줘 봐."

소냐는 샘에게서 망원경을 홱 빼앗은 뒤 서둘러 눈에 갖다 댔다.

"보리스 아빠는 지금 일부러 쓰레기통을 들고 나온 거야. 신문에 나오고 싶어서 말이지."

바로 그때, 어른 두 명이 안마당으로 뛰어 들어왔다.

"우리 엄마랑 아빠야!"

소녀가 소리쳤다.

"저것 좀 봐. 취재 기자랑 사진 기자가 우리 엄마와 아빠 뒤를 따라 뛰어와!"

하지만 이번에는 취재진이 너무 늦었다. 아래층의 출입문이 취재진의 코앞에서 꽝 하고 닫혀 버렸다. 잠시 뒤, 소녀가 현관문을 열어 주었다. 소녀 부모님은 걱정스러운 표정을 짓고 있었으나, 딸이 무사하다는 것을 확인하고는 곧 안심하는 눈치였다.

"샘, 어디 다친 데는 없니? 괜찮아?"

"샘의 곰 인형이랑 이불이 불에 타 버렸어요. 유리창도 깨졌고요. 그리고 샘 얼굴에 상처가 났어요."

샘 대신 소녀가 대답했다. 소녀 아빠가 샘의 방을 둘러보는 동안, 소녀 엄마는 샘의 얼굴에 난 상처를 살폈다. 샘이 다친 손을 뒤로 감추었지만, 소녀 엄마는 손에 난 상처도 곧바로 발견했다. 치약을 마구 바른 손을 보고, 소녀가 깜짝 놀라서 외마디 소리를 질렀다.

소냐 엄마는 찬물을 틀어 놓고 샘의 손에 묻어 있는 치약을 조심스럽게 씻어 냈다. 손에 뭔가가 조금만 닿아도 쓰라리고 아파서, 샘은 울지 않으려고 이를 앙다물어야 했다.

"샘, 엄마는 언제 오시니?"

"저녁 늦게 오세요. 아빠도 오늘 오후에 일을 하시고요."

그 말을 들은 소냐 아빠는 우선 샘과 소냐를 데리고 병원에 가기로 했다. 소냐가 물었다.

"그럼 불꽃놀이는요? 거기는 안 가는 거예요?"

샘은 사실 아무 데도 가고 싶지 않았지만, 소냐가 너무나 실망스런 표정을 지어 보이자 할 수 없이 이렇게 말했다.

"병원에서 치료를 받은 다음에 가면 되잖아."

"샘이 딴 데로 신경을 돌릴 수 있도록 불꽃놀이를 구경하러 가는 편이 좋겠어요."

그때 소냐 엄마가 소냐 아빠에게 귀엣말로 속삭였다.

"난 그냥 여기서 샘 엄마를 기다리고 있을게요. 우선 유리 조각부터 치워야겠어요. 이대로 두면 샘 엄마가 몹시 놀랄 거예요. 그런데 샘 엄마한테 이 일을 어떻게 설명해야 할지 모르겠네요."

소냐 엄마가 마지막 부분을 아주 작게 말했는데도 샘에게는 고스란히 다 들렸다.

얼마 후, 개를 데리고 산책 나갔던 옆집 아줌마가 돌아왔다. 소녀 부모님이 아줌마에게 그동안 어떤 일이 벌어졌는지 상세히 설명해 주었다.

"어머나, 세상에!"

아줌마는 화상 입은 샘의 손을 바라보며 소리쳤다.

"내가 너희 엄마한테 가끔 들여다볼 테니 걱정 말라고 했건만, 그새 이런 일이 생겨 버렸구나. 얼마 전까지만 해도 별 탈이 없었는데 말이야. 겨우 한 시간 동안 집을 비웠는데, 어쩌면 이럴 수가 있니?"

소녀 아빠는 누군들 이런 일이 생길 줄 미리 알았겠느냐고, 유리창이 깨진 것과 샘의 손을 다친 것 말고는 그리 큰일은 없었다면서 아줌마를 진정시켰다.

샘은 한쪽 구석으로 약간 물러나서, 어른들이 흥분해서 이야기를 주고받는 모습을 지켜보았다. 아무도 이 일에 관해 샘하고는 이야기를 나누지 않았다.

어른들은 유리 조각을 치우고, 탄내가 나가도록 문을 활짝 열어 환기를 시켰다. 그리고 샘의 손에 난 상처를 걱정하는 말 몇 마디를 했을 뿐이었다.

왜 이런 일이 벌어졌는지는 아무도 말하지 않았다.

샘은 소냐, 그리고 소냐 아빠와 함께 집을 나섰다. 그러자 마음이 어느 정도 홀가분해졌다. 다행히 병원의 응급실에서는 그리 오래 기다리지 않아도 되었다.

간호사 누나는 샘의 이름과 주소, 그리고 부모님이 가입해 있는 의료 보험 회사 이름을 서류에 적고 난 다음, 다소 짓궂은 목소리로 물었다.

"어쩌다 손에 화상을 입었니? 성냥으로 장난하다가 방에 불이라도 지른 거야?"

샘이 뭐라고 대답을 하려 하자, 소냐 아빠가 간호사 누나의 옷자락을 한쪽 구석으로 잡아당기더니 귀엣말로 뭐라고 속삭였다. 샘은 만화책을 읽는 척하면서, 두 사람이 이야기하는 모습을 흘깃 곁눈질했다. 아마 화염병 이야기를 하고 있는 것 같았다.

간호사 누나는 깜짝 놀라서 눈이 휘둥그레졌다. 그러고는,

"어머나, 세상에! 가엾어라."

하고 중얼거리더니, 샘에게는 아무 말도 하지 않고 대기실 밖으로 총총히 사라졌다.

몇 분 지나지 않아, 의사 선생님이 들어왔다. 의사 선생님은 물집이 잔뜩 생긴 샘의 손을 측은하다는 듯한 표정으로 들여다보더니, 간단히 처치를 하고 붕대를 감아 주었다.

"곧 아물 거다."

치료가 끝나자, 의사 선생님이 샘의 머리를 쓰다듬어 주면서 말했다.

"상처 난 부위에 더러운 게 닿지 않도록 주의해. 그것만 조심하면 돼. 급한 대로 처치를 해 두었으니까, 내일 가까운 외과로 가서 정식으로 다시 치료를 받는 게 좋겠구나."

5

치료가 끝난 후, 그들은 불꽃놀이를 구경하러 갔다. 도시 전체가 흥성거렸다. 거리마다 소시지를 파는 노점과 흥겨운 음악을 연주하는 악단, 알록달록한 등불 들이 즐비했다. 어느 쪽으로 가나 사람들이 들끓었다.

샘은 갑자기 머릿속이 뒤죽박죽이 된 듯했다. 이렇게 즐거움에 휩싸여 있는 사람들을 보고 있노라니, 이 도시의 한쪽 거리에서 불과 두 시간 전에 돌과 화염병이 날아다녔다는 사실이 믿기지 않았다.

축제장의 풍경은 샘이 상상하던 것과 크게 다르지 않는데도, 무언지 모르게 가슴 한구석으로 허전함이 파고들었다.

샘은 다른 사람들과 함께 호숫가로 향했다. 그리고 곧 화려한 불꽃놀이가 시작될 인공 섬을 기대에 찬 눈으로 바라보았

다. 하늘에서는 빨간색과 초록색의 폭죽이 연이어 터졌다. 사람들이 '우아!' '이야!' 하고 감탄사를 연발했다.

하지만 그 순간 샘은 자기도 모르게 귀를 틀어막고 말았다. 꽝! 하고 폭죽이 터지는 소리와 쉬익! 하면서 날아가는 소리가 좀체 그치지를 않았다. 주변이 온통 빨간색과 초록색, 파란색으로 번쩍거리자 무언지 모르게 불안감이 일었다. 마치 폭죽이 자기를 향해 똑바로 날아오는 것만 같은 착각이 들기도 했다.

잠시 후, 거대한 폭죽 하나가 요란한 소리를 내며 또다시 하늘에서 터졌다. 그러자 더 이상은 견딜 수가 없었다. 샘은 황급히 몸을 돌려서 사람들의 틈을 비집고 뒤로 빠져나가기 시작했다.

소녀가 깜짝 놀라 소리쳤다.

"샘, 너 어디 가는 거야?"

샘은 주위 사람들을 떠밀어 내느라 손을 마구 휘저었다. 사람들은 욕설을 퍼부으며 자리를 비켜 주었다. 아저씨 한 명은 샘의 두 팔을 꽉 움켜잡더니, 마구 흔들면서 화를 냈다.

"너, 지금 도대체 뭐 하는 거야? 다른 사람들처럼 그냥 서서 구경하면 안 되겠니? 5분 동안도 참을 수가 없느냔 말이다."

샘은 아저씨의 손을 뿌리친 뒤 호숫가를 마구 달려 나갔다.

소시지 노점과 포도주 판매대를 지나고 나서도 한참 동안을 계속해서 달렸지만, 쉬익 하는 소리는 그대로 귓전에서 울려 퍼지고 있었다. 금방이라도 머리가 터져 버릴 것만 같았다.

그러다가 음악회가 한창인 무대 하나를 발견하고, 그 아래쪽으로 기어 들어갔다. 손으로 귀를 막은 채 납작하게 엎드렸다. 폭죽이 날아가서 터지는 소리가 음악 소리에 묻혀서 더 이상 들리지 않았다.

그곳에 얼마 동안이나 그렇게 엎드려 있었을까. 가끔씩 귀에서 손을 떼고 폭죽 소리가 계속해서 들리고 있는지 확인을 해 보았다. 어느 순간 폭죽 소리가 멈춘 듯했다.

샘은 무대 밑에서 살그머니 기어 나왔다. 그러나 혹시라도 쉬익 하는 소리가 다시 시작될까 봐 두려움에 떨면서 아주 조심스럽게 몸을 움직였다.

샘에게 주의를 기울이는 사람은 아무도 없었다. 모두들 악단을 쳐다보며 박자에 맞춰서 열심히 손뼉을 치고 있었다. 몇몇은 일어나서 춤을 추기도 했다.

그런데 이 북새통 속에서 소냐와 소냐 아빠를 어떻게 찾아야 할지 눈앞이 깜깜해졌다. 그러다 문득 적십자라고 적힌 천막이 생각났다. 맨 처음 이곳에 도착했을 때, 서로를 잃어버리면 거기서 만나기로 약속을 해 두었던 것이다.

샘이 적십자 천막 앞으로 갔을 때는, 소녀가 먼저 와서 기다리며 안달을 하고 있었다. 소녀는 샘을 보자마자 다짜고짜 화를 냈다.

"도대체 어떻게 된 거야? 그렇게 갑자기 사라지다니. 우리 아빠가 널 찾아서 사방으로 헤매고 계신단 말야!"

샘은 작은 목소리로 미안하다고 웅얼거린 뒤, 의자에 털썩 주저앉아서 두 손으로 얼굴을 감쌌다.

"샘, 어디 아파? 손이 아픈 거야?"

소녀가 깜짝 놀라서 다급히 묻자, 샘은 힘없이 고개를 흔들었다. 지금은 손이 문제가 아니었다. 사실 손에 입은 화상은 스스로도 까맣게 잊어버리고 있었다.

소녀 아빠는 샘을 찾아 헤매 다니다가 한참 후에야 천막 앞으로 왔다. 하지만 샘을 야단치지는 않았다. 그저 무사히 만난 것을 다행으로 여기며 머리를 쓰다듬어 주었다.

"폭죽 터지는 소리가 너무 컸어요."

자신의 행동을 해명하기 위해서 이렇게 애써 말문을 열던 샘은 갑자기 무안함을 느꼈다. 불꽃놀이에서 폭죽 소리가 크게 나는 건 너무도 당연한 일이었기 때문이다. 그게 바로 폭죽놀이의 재미인데…….

하지만 오늘은 도저히 견딜 수가 없었다. 다행스럽게도 소냐 아빠는 이 말만 듣고도 샘을 다 이해한 듯한 표정을 지어 보였다.

"그래, 됐다. 오늘 여기에 온 건 아무래도 좋은 생각이 아니었던 것 같구나."

그 후, 세 사람은 축제 장소에 조금 더 머물렀다. 하지만 소냐 아빠가 아무리 애를 써도, 샘의 기분은 별로 나아지지 않았다. 소냐 아빠는 아이들에게 솜사탕과 구운 아몬드, 그리고 평소에는 입에 대지도 못하게 하는 콜라까지 기꺼이 사 주었다. 소냐 아빠가 돈을 내준 덕분에 샘은 2유로짜리 동전을 쓸 필요가 없었다.

소냐 아빠와 아이들은 샘 엄마가 퇴근할 즈음에야 집으로 향했다. 샘 엄마는 옆집 아줌마와 소냐 엄마한테 둘러싸인 채 거실에 앉아 차를 마시며 그날 저녁에 벌어졌던 일에 관해 듣고 있었다.

샘이 현관문으로 들어서자, 엄마가 자리에서 벌떡 일어나 다가왔다. 그러고는 숨도 쉬지 못할 정도로 꼭 껴안았다.

"그래, 어땠니?"

샘은 집 안으로 날아든 돌멩이와 불에 타 버린 곰 인형 이야기를 꺼내려고 하다가, 엄마가 지금 불꽃놀이에 대해 묻고 있다는 걸 깨닫고는 곧 입을 다물어 버렸다.

소녀가 대신 대답했다. 하지만 샘이 갑자기 사라졌던 일은 말하지 않았다. 소녀 아빠도 이 부분은 살짝 건너뛰었다.

소녀와 소녀 부모님이 집으로 돌아가려고 일어섰을 때는 밤 12시가 훌쩍 지난 시각이었다. 문을 나서기 전, 소녀 아빠가 샘 엄마에게 말했다.

"내일은 샘을 학교에 보내지 말고 쉬도록 하는 게 좋겠어요. 아마도 지금은 조금 혼란스러울 거예요."

6

사람들이 모두 돌아가자, 엄마는 샘을 품에 꼭 껴안으며 말했다.

"더 크게 다치지 않은 게 다행이로구나. 손이 아직도 많이 아프니?"

샘은 아니라고 머리를 가로젓고 나서, 엄마에게 저녁에 벌어졌던 일을 말하려고 했다. 그러나 엄마는 손가락을 입에 가져다 대며 머리를 저었다.

"나중에 얘기하자. 넌 지금 좀 자야 해. 오늘은 엄마 옆에서 자는 게 좋겠구나. 관리실에서 네 방 유리창을 얼른 갈아 주어야 할 텐데. 내일 엄마랑 새 이불을 사러 가자, 응?"

'엄마는 왜 그 일에 대해 이야기를 하지 못하게 할까? 지금 이런 상태에서 어떻게 잠을 자라고 하는 거지?'

샘의 방은 깨끗하게 청소가 되어 있었다. 유리 조각은 모두 치워져 있었고, 깨진 창문에는 비닐이 붙어 있었다. 이불솜이 탄 냄새도 더 이상 나지 않았다.

이 정도면 '거의' 아무 일도 일어나지 않았다고 생각할 수도 있을 것 같았다. 그래, 전혀 일어나지 않은 건 아니고 '거의' 일어나지 않은 거다. 유리창에 구멍이 뚫려 있고, 손은 이렇게 아프고, 그리고 곰 인형이……

그렇지, 곰 인형! 곰 인형이 어디 있지? 아까 소녀에게 보여 주고 나서 침대 위에 올려 뒀는데……. 그곳에 없었다. 방 안을 다 뒤져 보았지만, 곰 인형은 보이지가 않았다.

"샘, 어디 있니? 이리 와 봐!"

"엄마, 내 곰 인형이 없어졌어요."

엄마는 처음에 아무런 대답도 하지 않더니, 잠시 후 샘의 방 문 앞으로 와서 섰다. 그리고 뭔가 불편한 일이 생겨서 샘더러 '이성적'으로 판단하라고 충고할 때와 같은 억양으로 말하기 시작했다.

"샘, 네 곰 인형은 불에 타 버린 데다 물에 젖기까지 해서 더 이상……."

샘은 엄마를 옆으로 밀친 뒤 부엌의 쓰레기통으로 달려갔다. 곰 인형은 찻잎 찌꺼기 속에 파묻혀 있었다. 곰 인형을 황급히 끄집어낸 다음, 개수대로 가져가서 찻잎을 털어 내었다.

그러고는 수도꼭지를 틀어 놓고 흐르는 물에 곰 인형을 손으로 문질러 씻었다. 손을 한쪽밖에 사용할 수 없기 때문에 씻기가 무척 힘들었다. 손에 감은 붕대가 물에 젖자 상처가 다시 화끈거리기 시작했다.

"샘……."

"나, 이 곰 인형 버리지 않을 거예요!"

샘이 엄마에게 소리쳤다. 엄마는 이 곰 인형을 어쩌면 그렇게 간단히 쓰레기통에 던져 버릴 수 있을까! 곰 인형은 샘에게 아주 중요한 물건이었다.

물론 어린아이 때처럼 잠자리에 들면서 꼭 껴안고 있어야 하는 건 아니었다. 다만 샘이 기억하는 한, 이 곰 인형은 언제나 자신의 침대 위에 놓여 있었다. 몇 년 전까지는 베개 옆에, 그리고 지금은 발치에.

엄마는 전에도 몇 번이나 이 곰 인형을 버리자고 말했다. '비위생적'이라는 것이 그 이유였다. 샘 역시 이젠 엄마 말을 들어야 할 때가 되지 않았나, 생각한 적이 있었다. 적어도 그날 저녁에 아무 일이 없었다면……. 어쩌면 다음 날 아침에 샘 스스로 쓰레기통에 처박아 버렸을지도 모르는 일이었다.

하지만 이건 정말 아니었다. 화염병에 맞은 곰 인형이 도대체 무슨 잘못이 있다고 쓰레기통에 버리느냐 말이다. 샘은 화가 나서 식식거리며 곰 인형을 박박 문질러 씻었다. 엄마는 아무 말 없이 샘의 행동을 바라보고 있다가 한참 만에야 입을 열었다.

"샘, 미안해. 엄마 생각에는 그 곰 인형이 이제……. 그래, 스팀 위에 올려놓자. 내일이면 다 마를 거야."

샘은 엄마 말을 믿을 수가 없어서 꿈쩍하지 않고 오래도록 서 있었다. 엄마가 곰 인형을 다시는 버리지 않겠다고 약속하자, 못 이기는 척 거실의 스팀 위에다 수건을 깔고 인형을 올려놓았다. 그리고 밤새 스팀을 약하게 틀어 두었다.

7

소냐는 엄마 아빠와 함께 샘의 집을 나섰다. 경비 아저씨가 출입문 앞을 말끔하게 정리해 두어서 그런지, 몇 시간 전에 여기서 무슨 일이 있었는지 짐작할 만한 것은 아무것도 남아 있지 않았다.

적어도 언뜻 보기에는 그랬다. 물론 자세히 들여다보면 벽에 남아 있는 붉은 물감도 보였고, 깨진 유리창도 눈에 들어왔다.

샘의 집 창문으로 불빛이 새어 나왔다. 소냐는 발걸음을 멈추고 샘의 방을 올려다보았다. 엄마가 소냐의 손을 잡으며 앞으로 끌었다.

"소냐, 얼른 가자. 너무 늦었어."

세 식구는 아무 말 없이 어두운 거리를 걸었다.

"피부 색깔 때문에 샘이 그런 일을 당한 건가요?"

소녀의 목소리가 조용한 거리에 크게 울려 퍼지자, 엄마 아빠는 몸을 움칠했다.

"소녀, 그런 얘기는 너무 큰 소리로 말하지 않는 게 좋아."

엄마가 이렇게 속삭이며 불안한 듯 주위를 살폈다.

"바깥에서는 무조건 조심을 하는 게 좋아. 내일 이야기하자꾸나. 지금은 좀 피곤해."

아빠도 이렇게 말하며 크게 하품을 했다. 소녀는 어리둥절한 표정으로 엄마와 아빠를 번갈아 쳐다보았다. 평소와 너무나 달라 보였기 때문이다. 왜 이야기를 피하려는 걸까? 정말로 피곤한 것뿐일까? 아니면 다른 뭔가가 있는 걸까? 물론 엄마 아빠가 그렇게 나온다고 해서 쉽사리 포기할 소녀는 아니었다.

"왜 그런 거예요, 아빠? 남자애들이 왜 그런 짓을 하는 거냐고요?"

아빠는 한숨을 내쉬었다. 소녀가 이대로 포기할 성격이 아니라는 것을 잘 알고 있기 때문이었다. 아빠는 천천히 설명을 하기 시작했다.

"그 문제는 간단히 대답할 수 있는 게 아니야. 얘길 하자면 좀 길어. 지금부터 30년쯤 전에 우리나라는 노동력이 많이 부족했단다. 그래서 외국인 노동자들을 불러들이기 시작했지. 사실 그때는 그들의 도움을 많이 받았다고 할 수 있어.

하지만 요즘엔 일자리가 많이 줄어들었는데도 외국인 노동자들이 계속해서 들어오고 있다는 게 문제야. 우리나라 사람들 중에도 실업자가 꽤 많은 상황이거든.

정치적인 이유로 자기 나라에서 박해를 받을 형편에 놓인 사람들이 감옥에 가지 않으려고 오기도 하지. 샘 아빠도 그런 경우야. 자기 나라 정부에 대항해 싸우던 사람이거든. 그래서 현상금도 걸려 있고……. 또 어떤 사람들은 고국이 너무 가난해서 굶주림을 피해 이리로 오기도 해. 자기 나라에 비하면 우리나라가 꽤 부유한 편이니까.”

그때까지 조용히 듣기만 하던 엄마가 아빠 말을 가로챘다.

“하지만 여보, 당신도 이젠 외국인 노동자가 너무 많아졌다는 걸 인정해야 해요. 그렇게 많은 외국인들을 우리가 어떻게 다 부양하겠어요? 그 사람들도 집이 필요하고, 또 아이들을 학교에 보내기도 해야 하는데…….

많은 외국인들이 생활 보호 급여를 받으면서 살고 있잖아요. 그 돈을 누가 다 내는데요? 강물에 고기가 많다고 계속해서 잡기만 하면 어떻게 되겠어요? 머지않아 씨가 말라 버리고 말걸요.”

소녀는 엄마 아빠의 말을 듣고 있노라니 약간 혼란스러워졌다. 외국인 노동자들이 사는 집이며 생활 보호 급여며 물고기며 하는 이야기가, 샘이 손을 다친 것과 어떤 관계가 있다는 건지 도무지 알 수가 없었다.

소녀가 엄마 아빠와 함께 큰길에서 집 쪽의 좁은 골목으로 접어들었을 때, 길 저쪽에서 어떤 남자가 황급히 달려가는 것이 눈에 띄었다.

"가만있자, 저 사람은……. 파울! 이봐, 파울!"

소녀 아빠가 소리치며 그 남자에게 마구 손짓을 했다. 파울은 샘 아빠의 이름이었다. 샘 아빠의 원래 이름은 피춤베르한이었는데, 발음하기가 너무 어려워서 직장 동료들이 파울이라는 이름을 새로 지어 주었다.

소녀 아빠는 되도록이면 원래의 이름으로 부르려고 애를 썼지만, 지금처럼 급할 때는 자기도 모르게 파울이라는 이름이 먼저 튀어나왔다. 소녀 엄마도 샘 아빠를 향해 손을 흔들었다.

그러나 샘 아빠는 두 사람이 부르는 소리를 전혀 듣지 못한 듯 계속해서 앞으로 달려가기만 했다. 행여 누가 뒤쫓아 오기라도 하는 것처럼 이따금씩 뒤를 돌아다보면서. 그리고 나타날 때만큼이나 급작스럽게 어둠 속으로 사라져 버렸다.

소녀 아빠는 그쪽을 바라보며 당황스런 표정을 지었다.

"지금 그 사람 파울이었지? 아니었나?"

"맞아요, 분명해요. 무슨 일일까? 우리가 부르는 걸 들었을 텐데……. 참 이상하네요."

세 사람은 혹시라도 누군가가 샘 아빠를 뒤쫓는 것은 아닌지 지켜보기 위해 잠깐 동안 그 자리에 멈춰 서 있었다. 그러나 개를 데리고 산책하는 사람 외에는 아무도 눈에 띄지 않았다.

얼마 후, 소녀는 집에 도착했다. 그러자 마음이 어느 정도 안정이 되었다. 서서도 잠이 들 만큼 피곤했지만, 엄마가 세수를 하고 자야 한다며 등을 떠미는 바람에 할 수 없이 욕실로 들어갔다. 다행히 엄마가 이 닦으라는 말을 잊어버리고 하지 않았기 때문에 양치질은 그냥 슬쩍 넘어갔다.

소녀는 세수를 마친 다음, 죽을 듯이 피곤한 나머지 침대 위로 쓰러지면서 잠깐 이런 생각을 했다.

'하여간 엄마들이란……. 샘도 매일같이 이를 닦을까?'

반쯤 잠이 들었을 때, 아빠가 샘의 집에 전화를 거는 소리가 들렸다. 그러나 아무도 전화를 받지 않는 모양이었다.

8

그날 밤, 샘은 좀처럼 잠을 이룰 수가 없었다. 눈을 감기만 하면 횃불이 나타나고 유리창이 깨지는 소리가 들려서 계속 눈을 뜨고 있었다.

그러다가 어느 순간 까무룩 잠이 들었는지, 아주 큰불이 나는 꿈을 꾸었다. 샘은 그날 저녁에 한 것처럼 창가에 앉아서 거리를 내다보고 있었는데, 이상하게도 다른 사람들은 모두 잠을 자고 있었다.

그런데 갑자기 큰 불길이 이는 것이 보였다. 불길은 건너편 건물의 모든 창문에서 거의 동시에 솟아올랐다.

샘은 엄마와 아빠를 깨우려고 했다. 하지만 입을 열어 불이 났다고 외치려 할 때마다, 누군가가 커다란 집게손가락을 샘의 입에 갖다 대며 말을 막았다. 샘은 전화기가 있는 곳으로 달려간 뒤 화재 신고를 하기 위해 119를 눌렀다.

"소방서입니다. 무엇을 도와 드릴까요?"

샘이 입을 열려고 하자, 다시 커다란 집게손가락이 나타나 입을 막았다.

"여보세요, 말씀하세요!"

샘은 전화기를 내려놓고 다시 창문 쪽으로 달려갔다. 불길은 점점 더 거세지고 있었다. 건너편 건물의 창문마다 연기가 자욱하게 뿜어져 나왔다.

샘은 거리로 달려 나갔다. 거리에는 사람들이 무척 많았지만, 마치 아무것도 보지 못하는 것처럼 불이 붙은 건물 앞을 무심히 스쳐 지나가고 있었다.

샘은 길 가는 아저씨의 팔을 잡아당기며 소리쳤다.

"저기 좀 보세요, 저 집들이요! 불에 타고 있잖아요!"

그 아저씨는 어리둥절한 표정으로 샘의 얼굴을 물끄러미 바라보기만 했다. 그러더니 집게손가락을 입에 갖다 대고는 다시 제 갈 길을 갔다. 그다음에는 한 아줌마를 붙잡고 말해 보았다. 하지만 그 아줌마도 좀 전의 아저씨와 똑같은 행동을 해 보이고는 그냥 지나가 버렸다.

경찰 아저씨도 불이 난 것을 보지 못하기는 매한가지였다. 그 아저씨는 불에 타고 있는 건물의 출입문 앞에 서서, 엉뚱한

곳에 주차해 놓은 자동차에 불법 주차 스티커를 발부하느라 여념이 없었다.

샘은 경찰 아저씨의 팔을 잡아 흔들며 불이 난 건물을 가리켰지만, 역시 귀찮다는 듯 고개를 흔들다가 집게손가락을 입에 갖다 댔다.

이윽고 불타던 건물들이 큰 소리를 내며 무너지기 시작했다. 불이 붙은 대들보가 거리로 떨어져 내리고서야 사람들은 불이 난 것을 알아차리고 앞 다투어 수선을 피워 댔다.

하지만 이제는 너무 늦어 버렸다. 사람들은 불길을 피하기 위해 이리저리 마구 달렸다. 소방차가 불빛을 번쩍이며 가까이 왔지만, 불타던 건물은 사람들 머리 위로 몽땅 무너져 내리고 말았다.

9

샘은 비명을 지르며 잠에서 깨어났다. 엄마가 걱정스러운 표정으로 샘의 얼굴을 내려다보았다. 샘이 꿈 이야기를 하려고 하자, 엄마가 고개를 흔들며 손가락을 입에 갖다 댔다.

"샘, 내일 아침에 이야기하자. 지금은 잠을 좀 더 자도록 해 봐, 응?"

엄마는 샘에게 차를 한 잔 끓여다 준 뒤 침대 위에 걸터앉았다. 샘은 엄마가 옆에 있는데도 다시 잠들기가 두려웠다. 계속해서 깜짝깜짝 놀라며 눈을 뜨고 소리를 질렀다.

"엄마, 불이 났어요! 그런데 사람들이 불이 난 것도 모르고 있어요!"

얼마 후 샘이 가까스로 잠이 들자, 엄마는 안도의 숨을 내쉬었다. 그리고 샘의 까만 고수머리를 쓰다듬어 준 뒤, 다치지 않은 손을 꽉 움켜쥐었다.

이런 날에는 이곳 독일로 이주해 온 것이 잘한 일인지 정말로 알 수가 없었다. 물론 주변 사람들은 대부분 친절했다. 병원의 동료 간호사들 중에도 친한 친구가 많았다.

환자들과도 잘 지내는 편이었다. 샘 엄마가 병실에 들어서면 처음엔 이상하다는 듯이 바라보는 환자들도 있지만, 그런 시선이 그리 오래가지는 않았다. 그녀가 침대를 깨끗이 정리한 다음, 환자들의 얼굴을 씻기면서 지난밤엔 어땠는지 병세를 물어보는 사이에 마음이 다 풀리는 모양이었다.

그들의 시시콜콜한 이야기를 끝까지 다 들어 주고 나면, 환자들의 대부분은 지금 자기 앞에 있는 간호사의 피부색이 검다는 것을 까맣게 잊어버리곤 했다.

샘 엄마는 가끔씩 고향으로 돌아가는 상상을 하곤 했다. 고향은 에리트레아(아프리카 동북부에 있는 나라. 홍해를 따라 카사르곶에서 바브엘만데브 해협까지 약 1,000km에 걸쳐 있으며, 홍해의 달라크 군도를 포함하고 있다. 북서쪽은 수단, 남동쪽은 지부티, 남쪽은 1993년에 독립한 이후로 에티오피아와 접해 있다.)의 산골에 있는 작은 마을로, 수도인 아스메라에서 몇 킬로미터 남쪽에 있었다. 유럽과는 육천 킬로미터가량 떨어진 곳이었다.

샘 엄마의 친정 부모님은 특별히 부유하다고는 할 수 없었지만, 그 동네에서는 형편이 꽤 넉넉한 편에 속했다. 그녀는 진흙 지붕을 얹은 돌집에서 가족과 함께 살았다. 가족으로는 부모님과 남자 셋 여자 넷의 형제자매가 있었다. 집에서는 염소와 양을 키웠는데, 남자 형제들이 주로 가축들을 돌보았다.

비가 충분하게 내린 해에는 양젖과 염소젖이 제법 많이 났고, 빵을 만들 밀도 풍성하게 수확되었다. 손님들이 찾아오면 생강가루를 뿌린 모카를 대접할 만큼 여유가 있었다.

그러나 들판의 곡식이 모조리 말라 죽는 흉년이 들면 양젖과 염소젖 대신 물로 주린 배를 채워야 했다. 하지만 대부분은 그럭저럭 살아 나갈 수 있었고, 가족들도 그런 생활을 만족스러워했다.

샘 엄마는 소녀로 성장할 때까지 자기가 몇 살인지도 정확히 모른 채 살아왔다. 당시 산골에선 그런 게 전혀 중요하지 않았다. 글을 읽고 쓸 줄 아는 사람도 몇 명 되지 않았기 때문이다. 글은 나중에 적십자 난민 수용소에서 배웠다.

샘 엄마가 지금의 샘보다 약간 더 어렸을 때 마을에 흉년이 들기 시작했다. 흉년은 몇 해 동안이나 계속되었다. 사람들은 비가 오게 해 달라고 간절히 빌었지만 아무런 소용이 없었다.

쨍쨍 내리쬐는 햇빛에 들판의 곡식들은 모조리 말라 죽었고, 바람은 산 아래로 흙먼지를 쓸어 내렸다. 양과 염소를 차례로 도살하고도, 가족들은 굶은 채로 잠자리에 들어야 하는 날이 점점 더 많아졌다.

그러던 어느 날, 이 산골 마을에도 전쟁의 바람이 휘몰아치기 시작했다. 그 전까지는 전쟁을 그저 남의 이야기로만 생각하고 지냈다. 산 아래쪽에 있는 도시에서 이 산골 마을을 오가며 장사를 하는 상인들의 입을 통해서 가끔씩 소식을 전해 들은 게 전부였기 때문이다.

바람결에 천둥소리 같은 게 들리는 날도 많았지만, 마을 사람들은 그 소리가 정확히 뭔지를 몰랐다. 그저 막연하게 비가 오려나 보다, 정도로만 생각했다.

그런데 어느 날 갑자기, 마을에 젊은 남자들이 나타났다. 그들은 마을의 어른들을 찾아가, 홍해와 고산 지대 사이에 사는 부족들은 모두 에리트레아에 속한다고 이야기했다.

그런데 저 멀리에 있는 에티오피아의 하일레 세라시에 황제의 군인들이 에리트레아를 정복하고 통치하려 한다는 것이었다. 그런 불행한 일이 벌어지는 것을 막고 자유를 지키기 위해서는 모든 부족의 남자들이 싸우러 나가야 한다고 주장했다.

하지만 그 마을에서는 아무도 그들의 말을 제대로 이해하지 못했다. 그래서 한 사람도 싸우러 나가지 않았다. 그 후로도 한동안은 크게 달라진 것이 없었다. 기껏해야 천둥소리 같은 대포 소리가 전보다 더 가까워졌다는 것과 상인들이 더 이상 오가지 않게 되었다는 것 정도에 불과했다.

그러고 나서 며칠 뒤, 샘 엄마가 다른 여자들과 함께 마을에서 약간 떨어진 들판에서 일을 하고 집으로 돌아올 때였다. 마을에서 까만 연기가 솟아오르는 것이 보였다.

여자들은 마을을 향해 허겁지겁 달려갔다. 숨을 헐떡이며 마을에 도착했을 때, 눈에 보이는 거라고는 불타 버린 집과 여자와 아이들의 시체뿐이었다.

그때 집 안에 숨어 있던 소녀 한 명이 여자들 앞으로 뛰어나와 그간에 있었던 일을 설명했다. 군인들이 와서 남자들을 모두 끌고 갔다는 것이었다. 그러고는 남은 사람들을 모두 총으로 쏘아 죽였다고……. 그것도 모자라, 나중에는 마을에 불까지 질러 버렸다고 했다.

마을은 순식간에 폐허가 되었다. 샘 엄마네 가족도 죽거나 뿔뿔이 흩어져 버렸다. 여자들은 모두 죽었고, 남자들은 어디론가 사라졌다.

샘 엄마는 다른 여자들과 함께 삽으로 구덩이를 판 다음, 죽은 사람들을 며칠에 걸쳐서 모두 땅에 묻었다. 그러고 나서 계곡으로 내려갔다. 밤낮을 가리지 않고 걸었다. 오래도록 걸어서 힘이 들 때면 잠깐씩 쉬기도 하면서.

도시가 가까워진 뒤에는 밤에만 은밀히 움직였다. 혹시라도 군인들과 마주치게 될까 봐 두려워서였다. 지금 와서 생각하면 다시 떠올리기도 싫을 만큼 끔찍스런 악몽의 시간이었지만, 그래도 그들은 운이 좋은 편에 속했다. 몇 주일 동안을 그렇게 줄기차게 걸은 끝에 마침내 수단에 있는 적십자 난민 수용소에 도착했다.

사막 한가운데에 천막들이 끝없이 늘어서 있었다. 그곳에도 먹을 것이 풍족하지는 않았다. 그러나 물을 비롯해서 밀가루와 식용유 따위가 있었기 때문에 목숨을 유지하는 데는 큰 어려움이 없었다. 가끔씩 유럽에서 보내온 트럭이 구호물자를 날라다 주기도 했다. 독일에서 온 의사들이 진료를 해 주는 병원도 있었다.

샘 엄마는 그 난민 수용소에서 6년을 살았다. 그곳에서 지내는 동안 건강이 어느 정도 회복되자, 병원에 나가 의사들의 일손을 도왔다. 독일 말은 그때 배웠다.

샘 아빠도 그 난민 수용소에서 알게 되었다. 샘 아빠는 에리트레아 해방군이었는데, 공습에서 심하게 부상을 당하는 바람에 그곳으로 실려 왔다.

두 사람은 난민 수용소에서 결혼식을 올린 뒤, 적십자를 통해 독일로 오게 되었다. 독일에서 샘 엄마는 간호사 직업 교육을 받고 샘 아빠는 간병인 교육을 받았다. 그런데 샘 아빠의 일자리가 오랫동안 생기지 않아서 전철 운전자 교육을 다시 받았다.

원래 두 사람은 고국에 있는 사람들을 돕기 위해서 곧 에리트레아로 돌아갈 생각이었다. 하지만 에리트레아의 정치적인 상황이 몹시 불안정했기 때문에 돌아가는 일이 생각만큼 수월하지 않았다. 그러던 차에 샘이 태어났다.

가끔 텔레비전이나 신문에서 에리트레아 소식을 접하게 되는 날은 마음이 편치 못했다. 그곳에 가서 사람들과 함께 재건을 해야 한다는 생각이 가슴속으로 절실하게 파고들었기 때문이다. 잘살든 못살든 에리트레아는 자신들의 고국이 아니던가.

샘 엄마와 아빠는 그런 이야기를 자주 나누곤 했다. 그때마다 샘 아빠는 고국으로 돌아가고 싶은 마음이 불쑥불쑥 치솟곤 했다. 한때는 에리트레아의 독립을 위해 몸 바쳐 싸우던 사람이었으니까.

에리트레아의 친구들 중에는 고국으로 돌아간 사람들도 꽤 많았다. 그들은 독일에서 번 돈과 은행에서 받은 보조금으로 그곳에 작은 공장들을 세웠다.

테스파스기라는 친구는 자동차 정비소를 크게 차려 놓고 에리트레아의 젊은이들을 기술자로 길러 내고 있었다. 테스파스기는 샘 엄마와 아빠에게 에리트레아로 돌아오라는 편지를 몇 차례 보내오기도 했다.

그러나 샘 엄마는 자기가 정확하게 무엇을 원하는지, 또 어디에 속하는지 알 수 없을 때가 많았다. 독일에서 산 지 오래되다 보니, 돌아가는 것이 잘하는 일인지 아닌지조차 판단이 서지 않았다.

대체 어디로 돌아간다는 말인가? 고향으로? 집으로? 그것이 어디 있는데? 태어나서 자라던 마을과 부모님, 그리고 가족은 더 이상 그곳에 존재하지 않았다.

그렇다면 에리트레아는? 에리트레아는 이제 전쟁이 끝나고 한창 재건을 하고 있었다. 하지만 샘 엄마는 새롭게 세워지는 에리트레아에 이렇다 할 소속감을 느끼지 못했다. 솔직히 에리트레아보다는 독일에서 사는 게 더 익숙했다.

이런저런 이유를 다 접어 두고 독일을 떠나지 못하는 가장 큰 이유는 샘 때문이었다. 그들은 샘이 평화롭고 안전하게 자라도록 하고 싶었다. 샘만큼은 자신들보다 더 잘살기를 바랐다.

적어도 난민 수용소에서 자라게 하고 싶지는 않았다. 다른 아이들처럼 올바른 교육을 받게 하고 싶었다. 매일같이 배불리 먹고, 학교에도 가고, 피아노도 치고……. 불안이나 공포에 사로잡히는 일 없이 평화롭게 살 수 있도록 보살펴 주고 싶었다.

지금까지는 그렇게 살았다.

샘 엄마는 곤히 잠든 아들의 얼굴을 슬픈 눈으로 내려다보다가, 화상 입은 손을 조심스럽게 만졌다. 안전과 평화……. 언젠가는 이곳 독일보다 아프리카가 샘에게 더 안전한 곳이 될지도 모르지만.

10

다음 날 아침 샘이 잠에서 깨어났을 때, 부엌에서는 벌써 커피 냄새가 풍겨 나오고 있었다. 샘은 깜짝 놀라 침대 옆에 있는 자명종 시계를 바라보았다. 8시 40분! 1교시가 시작됐을 시각인데, 아직도 이렇게 침대에 누워 있다니!

오른손이 쿡쿡 쑤시면서 화끈거리고 아팠다. 그제야 어제 저녁에 무슨 일이 있었는지 하나하나 떠올랐다. 샘은 일어나는 대신 침대에 다시 얼굴을 파묻었다.

학교에 갈 마음이 순식간에 사라져 버렸다. 손에 붕대를 감고 학교에 갈 생각을 하니 속이 다 울렁거릴 지경이었다. 보리스가 뭐라고 하면서 놀려 댈지, 안 봐도 눈에 선했다.

엄마가 방으로 오는 소리가 들리자, 샘은 짐짓 눈을 감고 자는 척을 했다. 엄마는 방 안으로 들어오더니 잠시 동안 샘 옆에 가만히 서 있었다. 그러고는 이불을 조심스럽게 덮어 주고 아무 말 없이 다시 나갔다.

샘 옆에는 아빠가 누워 있었다. 아빠는 어젯밤에 직장에서 늦게 돌아온 모양이었다. 샘은 한쪽 팔로 머리를 괸 채 아빠의 자는 얼굴을 자세히 들여다보았다.

아빠는 깊고 고르게 숨을 쉬고 있었다. 손가락으로 아빠의 코를 만져 보았다. 자신의 코처럼 납작했다. 이곳 사람들의 높고 뾰족한 코보다 조금 납작한 편이었다. 그뿐 아니라 입술도 자신의 입술처럼 약간 두툼했다. 샘은 자기 손을 아빠 손 옆에 나란히 대 보았다. 손 역시 자신의 손처럼 갈색이었다.

학교 친구들은 샘을 '커피우유'라고 불렀다. 물론 모두가 다 그러는 건 아니었다. 개중에는 좋은 친구들도 많았다. 하지만 보리스와 그 일당들처럼 틈만 나면 샘에게 못되게 구는 아이들도 꽤 있었다.

샘의 피부색은 남아프리카에서 온 여느 사람들처럼 심하게 새까맣지는 않았지만, 보리스나 소냐처럼 흰색도 아니었다. 그게 바로 문제였다.

사실 그건 다른 아이들의 문제일 뿐, 정작 샘 자신의 문제는 아니었다. 샘은 다른 사람의 외모에 크게 신경을 쓰지 않기 때문이었다.

샘의 부모님이 태어난 에리트레아의 사람들은 모두 자신처럼 갈색 피부를 가졌다고 했다. 그곳에서라면 샘도 다른 사람들 눈에 전혀 띄지 않을 터였다.

그렇지만 샘은 그곳에서 부모님과 함께 사는 모습을 도무지 상상할 수가 없었다. 거리에서든 시장에서든 학교에서든, 모든 사람들이 나와 같은 모습이란 말이지? 다른 사람들과 똑같은 '정상적인' 모습이니까, 그 누구도 나더러 커피우유라고 부르는 일은 없겠군.

샘은 가끔, 특히 보리스가 화를 돋울 때면 아프리카의 산골 마을을 머릿속에 떠올려보곤 했다. 엄마가 이야기해 주어서 알고 있을 뿐, 그 마을에 직접 가 본 적은 단 한 번도 없었다.

샘은 독일에서 태어났다. 부모님이 에리트레아의 내전을 피해서 독일로 이주해 오고 나서 몇 년 뒤의 일이었다.

얼마 전, 아빠가 도서관에서 에리트레아에 관한 책을 빌려서, 그 안에 실려 있는 사진을 보여 주었다. 그런데 이상한 일은, 그 마을의 집이나 거리의 풍경뿐만 아니라 그곳에 사는 사람들의 모습까지도 무척 낯설어 보였다는 것이다.

샘은 엄마 아빠의 고향 마을에서 사는 것을 도무지 상상할 수가 없었다. 전기도 없고 수돗물도 없고 욕실도 없다니. 욕실 자체가 아예 없다고 했다. 마을 한가운데에 있는 우물이나 강에서 몸을 씻는다는 것이었다. 텔레비전이나 게임기는 말할 것도 없이 당연히 없고.

사진 속의 아이들은 샘처럼 피부가 갈색이었다. 하지만 둘 사이의 공통점은 그게 전부였다. 샘은 자신이 그 아이들과 같이 생활하는 모습을 도무지 머릿속에 그려 볼 수가 없었다.

그렇지만 가끔은 그곳에서 친구들과 함께 교실에 앉아 있는 자신의 모습을 상상해 보기도 했다.

교실 문이 열리고, 선생님이 들어온다. 빨간 머리카락에 피부색이 희고, 갈색 주근깨가 얼굴에 가득한 남자아이가 뒤따라 들어온다.

"새로 전학 온 친구다."

부끄러워서 어쩔 줄 몰라 하며 선생님 뒤에 숨어 있는 남자아이를 선생님이 아이들에게 소개한다. 아이들은 모두 전학 온 아이를 뚫어져라 쳐다본다. 그러다가 곧 킥킥거리면서 소리친다.

"야, 밀가루!"

"넌 만날 햇빛을 피해 다니냐?"

"저 애 몸에 두드러기가 났나 봐. 저리 꺼져 버려! 우리한테 옮기지 말고!"

선생님이 아이들을 꾸짖는다.

"새로 온 친구를 그렇게 대접하는 법이 어디 있니?"

"쟤, 생긴 것 좀 보세요! 너무 우스워요. 허여멀건 얼굴에 빨간색 머리칼이라니……."

"그리고 얼굴에 저 점들은 또 뭐야? 소보로빵 같아!"

그 말에 아이들이 모두 까르르 웃는다. 전학 온 아이의 이름은 보리스 마이어다. 아이들이 그 이름을 따라 해 보려고 하다가 발음이 제대로 되지 않자 또다시 마구 웃는다.

"보-리-이-스 마-이-어?"

모두들 크게 소리내어 우스꽝스럽게 발음해 본다.

"혀를 깨물 것 같다, 그치? 야! 너네 나라 사람들 이름은 다 그렇게 웃기냐?"

"우리, 쟤를 이제부터 소보로빵이라고 부르자. 그게 훨씬 잘 어울려!"

모두들 웃겨 죽겠다는 듯이 소리를 지르며 정신없이 놀려댄다. 하얀 피부의 전학생은 어쩔 줄 모른 채 얼굴이 새빨개져서는 바닥만 하염없이 내려다보고 있다.

샘의 상상은 늘 여기에서 멈추었다. 바로 이 대목이 피부가 하얀 보리스에게 샘이 멋지게 한마디 던지면서 제대로 꼬집어 주어야 할 시점인데⋯⋯. 이 순간에 이를 때마다 상상이라는 놈은 샘이 원하는 것이랑은 상관없이 제 멋대로 나래를 펼치곤 했다.

상상 속에서 샘은 허여멀건 얼굴의 보리스에게 한바탕 욕을 퍼붓는 대신, 살며시 다가가 어깨에 팔을 걸치고서 이렇게 말하곤 했다.

"내 옆자리에 앉아. 다른 아이들이 말하는 것에 너무 신경 쓰지 말고. 다른 사람들하고 다르게 생겨서 겪는 어려움이 어떤 건지 난 잘 알아. 난 네 피부가 흰색이든 갈색이든 상관없어."

이미 말했지만, 이런 결론은 정말이지 샘의 마음에 들지 않았다. 그런데도 불구하고 상상은 늘 이쪽으로 흘렀다. 다른 방향으로는 도무지 이어지지가 않았다.

아마도 다른 사람들과 다르게 생겼다는 게 어떤 건지, 그래서 교탁 앞에 서 있는 자신을 보고 아이들이 마구 웃어 댈 때의 심정이 어떤 건지, 너무나 잘 알고 있기 때문인 듯했다.

11

반 년 전에 이 학교로 전학 왔을 때, 샘은 자신의 상상 속에서 벌어진 것과 똑같은 일을 겪었다. 샘의 부모님이 이곳에 직장을 얻게 되는 바람에, 그 전까지 살던 에센(독일 노르트라인베스트팔렌주에 있는 도시)을 떠나 급하게 이사를 오게 되었다.

엄마 아빠는 서둘러 살 집을 구했다. 도시 외곽의 주택 단지 안에 있는 것이었는데, 주변 환경은 그다지 좋은 편이 아니었다. 건물들이 빼곡하게 모여 있는 데다 녹지가 몹시 적을뿐더러, 직장까지의 거리도 엄청나게 멀었다.

"어떤 집이든 구하기만 하면 다행으로 생각해야 할 것 같아. 고를 여유가 없어. 괜찮은 집은 보증금이 너무 비싸거나, 주인이 우리 얼굴을 보고 집이 나갔다고 해 버리는걸."

몇 주일 동안이나 집을 구하지 못해 애쓰던 아빠가 이렇게 말했다.

그런 상황에서 샘이 다닐 학교가 아주 가까이 있다는 건 그나마 다행스러운 일이었다. 엄마는 이사 온 지 이틀째 되던 날, 샘을 데리고 학교에 갔다.

샘은 새 담임인 핑케팡 선생님이 무척 친절한 분이라는 사실을 한눈에 알아채었다. 그렇지만 선생님을 따라 교실로 향할 때는 왠지 모르게 기분이 좀 묘했다.

반 아이들은 샘을 보는 순간, 갑자기 쥐 죽은 듯 조용해졌다. 샘은 이런 상황에 부딪힐 때마다 늘 불안했다. 어디를 가든 처음 만나는 사람들은 모두 이렇게 호기심 가득한 눈길로 쳐다보곤 했기 때문이다. 샘은 아이들이 지금 자신의 얼굴을 바라보며 무슨 생각을 하는지 알 것 같았다.

'쟤는 도대체 어느 나라에서 온 거야? 여기서 뭘 하겠다는 거지?'

반 아이들이 자신의 얼굴을 뚫어지게 쳐다보는 동안, 샘은 자기처럼 여느 아이들과 외모가 다른 아이가 또 있는지 교실 안을 살펴보았다. 뒤에서 두 번째 줄에 앉아 있는 아이 두 명이 검은색 머리카락이었다.

나중에 알고 보니, 그 둘은 포르투갈에서 온 마리오와 실비오였다. 첫 번째 줄에 앉은 마르타와 아그니에스카는 폴란드에서 왔다는데, 처음 봤을 때는 외국인이라는 사실을 전혀 눈치채지 못할 정도였다.

둘 다 독일 사람들에게서 흔히 볼 수 있는 금발에 파란 눈이었기 때문이다. 사람들은 두 사람이 입을 열어 말을 해야만 억양이 다른 걸 느끼고 외국에서 왔다는 사실을 알아채곤 했다.

핑케팡 선생님은 샘더러 어디에서 왔는지를 시작으로, 자기소개를 해 보라고 했다. 샘이 자기소개를 시작하자마자, 반 아이들은 배꼽을 잡고 웃어 댔다. 어떤 아이 한 명이 대뜸 이렇게 질문을 했던 것이다.

"너, 어디에서 왔다고?"

빨간 머리에 얼굴이 온통 주근깨투성이인, 키 큰 남자아이였다. 이름이 보리스라 했다.

"에센에서 왔어."

샘이 다시 한 번 말했다.

"아이고, 거짓말하지 마라. 우리 삼촌이 에센에 사시는데, 거기 사람들은 너처럼 생긴 게 아니라 모두 '정상적인' 외모를 갖고 있단 말이야."

아이들이 모두 깔깔거리며 웃었다.

"난 에센에서 태어났어."

샘은 화가 난 목소리로 대답했다.

"아, 그래? 그걸 누가 믿어? 에센은 독일에 있는 도시고, 독일에 너같이 생긴 사람은 살지 않아."

선생님은 샘이 자기소개를 계속할 수 있도록, 아이들에게 조용히 하라고 몇 번씩이나 주의를 주었다.

"우리 부모님은 에리트레아에서 오셨어. 그곳에 전쟁이 벌어졌기 때문에 이리로 오신 거야. 독일에 14년째 살고 계셔. 얼마 전까지는 에센에 살았는데, 부모님이 일자리를 이곳에 얻으셔서 이사를 오게 된 거야."

자기소개가 끝나자, 샘은 일단 안도의 숨을 내쉬었다.

"자, 그럼 어디 앉을지 한번 살펴보자."

선생님은 샘을 보고 다정하게 말한 뒤, 빈 자리를 찾느라 교실 안을 둘러보았다. 그런데 하필이면 조금 전에 짓궂은 질문을 했던 보리스의 옆자리가 비어 있었다. 그리고 다른 쪽에 여자아이의 옆자리가 하나 비어 있었다.

이리저리 빈자리를 찾던 선생님의 눈길이 자신의 옆자리에서 멈추는 걸 눈치챈 보리스는 곧바로 기절할 듯한 표정을 지어 보였다.

"안 돼요! 여기는 절대로 못 앉아요!"

보리스는 머리를 마구 흔들어 댔다. 선생님이 보리스를 야단치려고 입을 막 열려는 순간, 옆자리가 비어 있던 여자아이가 벌떡 일어서면서 말했다.

"선생님, 샘은 여기 앉으면 돼요!"

보리스가 경멸하듯이 웃었다.

"소냐, 너 새 남자 친구가 필요한 거냐? 그래, 그럼 커피우유 가 딱 어울리겠다."

그 말에 소냐는 보리스의 머리통을 향해 책을 휙 날렸다. 보 리스가 덤벼들어 소냐의 옷자락을 잡으려는 순간, 선생님이 먼저 보리스의 목덜미를 움켜잡았다. 그러고는 보리스에게 잠 깐 교실 밖으로 나가 있으라고 했다. 보리스는 교실 밖으로 쫓 겨나면서 소냐에게 주먹을 흔들어 보이며 협박했다. 이 일은 쉬는 시간에 샘과 보리스의 주먹질로 이어졌다.

그날 누가 이겼는지를 아는 사람은 아무도 없었다. 학교의 경비 아저씨가 둘 사이에 끼어들어 뜯어말린 뒤, 두 사람을 교 장실로 보내 버렸기 때문이다. 새 학교에서 맞이한 샘의 첫날 은 이렇게 터진 코피와 교장 선생님의 경고, 그리고 소냐와 맺 은 우정을 끝으로 힘겹게 막을 내렸다.

12

"커피우유!"

보리스가 전학 온 첫날에 붙여 준 이 별명은 그 후로도 계속해서 샘을 따라다녔다. 하지만 이렇게 부르는 아이는 보리스와 그 일당뿐이었다. 샘은 그 아이들을 만나면 그냥 피해 버렸다. 그 아이들 말고도 친구는 얼마든지 있으니까.

그러나 아주 기분이 나쁠 때는 나지막한 목소리로 보리스를 "소보로빵!"이라고 불렀다. 아주 작게 말했기 때문에 보리스가 들을 정도는 아니었다. 그저 분을 삭이느라고 한번 내뱉어 보는 말에 불과했다.

샘은 체육 시간이 시작될 즈음이 되면 언제나 곤욕을 치렀다. 탈의실에서 옷을 갈아입을 때마다 보리스가 놀려 댔기 때문이다. 샘이 바지를 벗어 갈색 다리를 드러내면, 보리스는 탈

의실이 쩡쩡 울리도록 큰 목소리로 소리를 질렀다.

"누가 검둥이를 두려워하지?"

그러면 보리스 일당이 기다렸다는 듯 곧바로 대꾸를 했다.

"아무도 없지!"

"그런데도 검둥이가 다가오면?"

"잽싸게 도망가야지!"

그러고는 탈의실의 옷걸이 주위를 뱅글뱅글 돌며 뛰어다녔다. 어쩌다 우연히 샘의 몸에 손이 닿기라도 하면 금방이라도 숨이 넘어갈 듯 꺅꺅거리며 소리를 질러 댔다.

나중에 샘은 이 장난이 아주 옛날부터 전해 내려오던 놀이라는 것과, 그들이 내뱉는 단어 하나하나에 주의를 기울이는 사람은 아무도 없다는 것을 알게 되었다.

그렇다고 해서 샘의 마음이 아무렇지도 않다는 것은 아니었다. 그것은 어디까지나 일반적인 상황에서 할 수 있는 이야기일 뿐, 보리스는 분명히 의도를 가지고 이 놀이를 고른 후 줄기차게 샘을 놀려 대고 있기 때문이었다.

보리스와 그 일당이 이 놀이를 시작할 때면, 샘은 일부러 그들을 무시하려고 애썼다. 그런 날은 집으로 돌아간 뒤, 자기가 보리스와 그 일당의 놀이를 얼마나 하찮게 여기는지, 그리고 보리스의 모습이 얼마나 유치해 보이는지 등을 알려 줄 만한

답을 찾아서 준비하곤 했다.

하지만 다음에 그 놀이가 또다시 시작되면 샘의 머릿속은 텅 비어 버리고 말았다. 집에서 준비했던 현명한 대답들은 모두 어디론가 사라지고 아무 생각도 나지 않았다. 그저 아이들이 놀리는 대로 당하고 서서, 치밀어 오르는 울화를 억지로 눌러야 했다. 정말로 화가 나는 건 그 순간 자신이 무지무지 외롭다는 사실이었다.

물론 반 아이들이 모두 그렇게 놀려 대는 건 아니었다. 보리스 편을 드는 아이들은 정작 절반도 되지 않았다. 하지만 다른 아이들은 그냥 멀뚱멀뚱 서 있기만 할 뿐이었다. 이런 놀이를 하는 보리스 일당에게 뭐라고 따끔하게 충고를 해 주는 아이는 단 한 명도 없었다.

그 놀이가 시작되면 피트는 뭔가 급하게 찾을 게 있다는 듯이 체육복 주머니를 뒤지기 시작하고, 클라우스는 사샤와 아주 중요한 문제를 지금 당장 토론해야 한다는 듯이 심각한 표정으로 이야기를 나누곤 했다. 늘 그런 식이었다.

피트는 보리스와 그 일당이 탈의실을 벗어나 체육관으로 들어가고 나면, 새삼스럽게 샘에게 다가와서 어깨에 팔을 두르며 위로하곤 했다.

"샘, 신경 쓸 것 없어. 보리스는 원래 저런 애잖아."

피트나 다른 아이들은 모두 좋은 친구들이었다. 하지만 샘은 아이들이 보리스가 나가고 난 뒤에야 그런 말을 하지 말고 단 한 번, 정말이지 단 한 번만이라도 보리스가 자신 앞에 있을 때 해 주기를 바랐다.

그러나 아이들은 모두 보리스를 무서워했다. 보리스가 앞에 있을 때는 못 본 척 외면하며 입을 꾹 다물었다. 샘은 언젠가부터 체육 시간에 아무리 덥더라도 긴팔에 긴바지 체육복을 입었다. 갈색 피부가 너무나 부끄럽게 느껴졌던 것이다.

소냐에게는 이 일에 대해 한 번도 이야기하지 않았다. 소냐는 워낙 쉽게 흥분하는 성격인 데다가 보리스와 사이가 좋지 않기 때문에 무슨 일을 벌일지 알 수가 없었다.

'그래, 보리스 문제는 나 스스로 해결해야 해.'

하지만 샘에겐 달리 뾰족한 방법이 없었다.

13

샘은 살그머니 자리에서 일어나서, 욕실의 거울 앞으로 가
서 섰다. 그러고는 자신의 얼굴을 자세히 관찰하기 시작했다.
낮고 뭉툭한 코, 새까만 눈동자, 곱슬곱슬하고 검은 머리카
락……

'아, 참! 엄마 침대 머리맡의 작은 수납장 위에 잡지가 한 권
있었지.'

금발 고수머리에 피부가 흰 남자아이가 밝게 웃고 있는 사
진이 표지에 나와 있는 잡지였다. 샘은 잡지를 들고 욕실로 들
어가 다시 거울 앞에 섰다.

그리고 한참 동안 자기 얼굴과 잡지에 나온 아이의 얼굴을
비교해 본 다음, 엄마의 화장대를 뒤져서 크림을 찾아냈다. 샘
은 얼굴이 허옇게 되도록 크림을 듬뿍 펴 발랐다.

그때 엄마의 옷장 어딘가에, 꼭대기에 주름이 잡힌 노란색 수영 모자가 있었던 게 생각났다. 샘은 아빠를 깨우지 않으려고 조심하면서 살금살금 침실로 들어가, 엄마의 수영 모자를 찾아냈다. 그리고 다시 욕실의 거울 앞에 서서, 고불거리는 검은 머리카락을 수영 모자로 가렸다.

그러고는 고개를 옆으로 비스듬히 젖힌 뒤, 자신의 얼굴을 한참 동안 바라보았다. 화장을 하고 변장을 했지만, 원하던 결과는 나오지 않았다. 마치 얼마 전에 소냐네 가족과 함께 본 서커스의 어릿광대 같았다.

'소냐는 내 얼굴이 이렇게 되면 더 좋아할까?'

샘은 머리를 흔들었다. 소냐는 외모를 전혀 중요하게 생각하지 않는 아이였다. 그럼 보리스는 어떨까? 내 피부가 희다면 보리스하고도 친해질 수 있을까?

샘에게 피부 색깔만큼은 도무지 이해할 수 없는, 그리고 앞으로도 전혀 이해할 수 있을 것 같지 않은 문제였다. 독일 사람들 중에는 피부색을 진한 갈색으로 바꾸기 위해, 한여름에 햇볕에 나가 그을리려고 안달하는 경우도 적지 않았다. 선탠 오일을 듬뿍 바른 채 몇 시간씩이나 해변에 드러누워 있으면서……

"갈색 피부는 아름다운 거야. 얼굴이 갈색으로 그을렸다는

건 건강하다는 뜻이니까."

지난여름, 북해로 놀러 갔을 때 엄마가 이렇게 말했다. 하지만 샘은 그 말을 이해할 수 없었다. 갈색이라는 것은, 샘에게 어디서나 남들 눈에 확연하게 띈다는 것을 뜻했다. 그래서 늘 자신의 피부가 하얀색이었으면 더 좋겠다고 생각했다.

바로 그때, 엄마가 욕실로 들어왔다. 샘은 깜짝 놀라 몸을 움츠렸다. 엄마 물건을 몰래 뒤졌기 때문이다. 엄마가 화를 낼까 봐 두려워하며 다소 겁먹은 표정으로 올려다보았다.

다행히 엄마는 화가 난 것 같지는 않았다. 하지만 많이 놀랐는지, 그 자리에 멈춰 서서 샘의 얼굴을 한참 동안이나 뚫어지게 바라보았다.

엄마는 화를 내는 대신 샘의 머리 위에서 수영 모자를 벗겨냈다. 그러고는 얼굴에 바른 크림을 수건으로 닦아 내기 시작했다.

"아유, 엄마! 아파요!"

몸을 돌려 달아나려고 하자, 엄마가 한 손으로 샘의 팔을 꽉 붙잡았다. 샘은 얼굴이 따갑고 화끈거려서 연거푸 비명을 질렀지만 아무런 소용이 없었다. 엄마는 갈색 피부까지 모조리 벗겨 내려는 듯 점점 더 세게 얼굴을 문질렀다. 그 순간, 샘은 엄마가 울고 있다는 걸 알아채었다.

드디어 크림이 깨끗하게 지워졌다. 샘의 얼굴은 커다란 토마토처럼 새빨갛게 변했다.

"다시는 이런 짓 하지 마, 알았어? 네 피부는 죽을 때까지 갈색이야. 그리고 난 내 아들의 피부가 희어지는 것 싫어! 지금 이대로가 좋아. 정말로 중요한 건 여기, 그리고 이쪽에 뭐가 들어 있는가 하는 것이야!"

엄마는 이렇게 말하며, 샘의 머리와 가슴을 쿡쿡 찔렀다.

"자, 이제 아침 먹어야지. 식탁으로 가자."

얼굴은 화끈거리지, 어제 다친 손은 아프지, 샘은 도무지 식욕이 생기지 않았다. 하지만 얌전하게 엄마를 따라서 부엌으로 가 식탁에 앉았다.

그날, 샘은 학교에 가지 않았다. 다음 날 아침에 선생님에게 낼 결석 사유서를 엄마가 쓰고 있는 동안, 그 옆에 우두커니 서 있었다.

존경하는 핑계팡 선생님,

어제저녁에 샘이 사고로 오른손을 다쳐서 오늘은 학교에 가지 못합니다. 이에 사유서를 제출합니다.

"그게 왜 '사고'예요? 빨리 '습격'이라고 고치세요!"

샘은 화가 나서 소리쳤다. 하지만 엄마는 고개를 저으며, 샘의 손에 사유서를 쥐어 주었다.

"샘, 그냥 이렇게 하자. 사고라고 해 두는 편이 좋아. 그리고 네가 이 일에 대해 다른 사람들에게 이야기를 적게 할수록 더나을 거야. 이런 소식을 듣는 걸 거북하게 생각하는 사람들이 많거든. 자기 스스로 어떤 행동을 하진 않았지만, 죄책감을 느끼는 사람들도 있고. 우리가 이곳에 사는 걸 못마땅하게 생각하는 사람들도 많아. 무슨 말인지 알겠니? 직접 돌을 던진 사람은 몇 명 안 되지만, 우리가 자신들의 일자리와 집을 부당하게 빼앗았다고 여기는 사람들이 의외로 많단 뜻이야. 그래서 우리가 고국으로 돌아가야 한다고 생각하는 사람들⋯⋯. 엄마 말을 늘 염두에 두고 있어야 해, 알았지?"

"그럼 나는요? 내 고향은 어디예요? 대체 난 어디에 속하냐고요!"

"너야 여기가 고향이고, 또 여기에 속하지. 여기서 태어났으니까."

샘은 다친 손을 내려다보며 생각에 잠겼다. 내가 여기에 속한다고? 나도 늘 그렇게 생각해 왔다. 여기 말고 달리 어디 속할 데가 있겠어? 그런데⋯⋯ 어제저녁부터 그런 확신에 의혹이 생기기 시작했다.

14

그날 아침, 샘은 방 안에 쭈그리고 앉아서 갑자기 생긴 이 자유 시간을 어떻게 보내야 할지 몰라 고민하고 있었다. 그때 학교에서는 샘 때문에 한바탕 주먹다짐이 벌어졌다. 물론 샘은 까맣게 모르고 있었다.

소냐가 보리스와 한판 붙은 것이었다. 이 싸움 때문에 소냐는 코피를 흘렸고, 보리스는 물어뜯긴 상처를 보건 선생님한테 치료받았으며, 핑케팡 선생님은 반 아이들과 긴긴 대화를 나누었다.

싸움은 1교시가 시작되기 직전에 터졌다. 소냐가 교실에 들어섰을 때, 보리스는 자리에서 일어나 팔을 마구 휘저으며 어제저녁에 벌어진 일을 아이들에게 설명하는 중이었다.

"너희도 그걸 봤어야 하는데! 처음에 그 사람들이 횃불을 들고 행진해 왔어. 그다음에 화염병이랑 물감을 던졌고. 벽에 던진 붉은색 물감이 아래로 주르르 흘러내리는데, 정말로 꼭 피 같더라니까!"

보리스가 으스스 떨린다는 듯 몸을 흔들어 댔다. 반 아이들은 보리스를 둘러싼 채 두 눈을 반짝반짝 빛내며 이야기를 듣고 있었다.

"야, 너 그때 나한테 전화하지 그랬어? 나도 봤더라면 좋았을 텐데!"

티모가 흥분해서 소리쳤다.

"나, 그 얘기 오늘 라디오 뉴스 시간에 들었어."

마르타도 끼어들었다. 소냐는 보리스에게 등을 돌린 채 곧바로 제자리로 가서 앉았다. 보리스가 어제저녁에 벌어진 일을 무척 흥미진진한 사건인 양 신나게 떠들어 대는 것에 화가 나서였다.

보리스는 소냐가 교실에 들어서는 걸 보자, 아이들에게 이야기를 하다 말고 이렇게 소리쳤다.

"야, 네 친구는 왜 아직 안 오는 거야? 아무래도 겁을 먹은 모양이군, 그렇지?"

그 말에 소냐는 자리에서 벌떡 일어나더니, 보리스에게로 걸어가서 얼굴에 침을 탁 뱉었다. 한마디 말도 없이 그냥 침을

탁 뱉어 버린 것이었다! 보리스는 어찌나 놀랐는지 한동안 아무 말도 못 하고 멍하니 서 있었다. 그러다가 곧 튕기듯이 책상 앞에서 뛰쳐나와 소냐에게 덤벼들었다.

선생님이 교실에 들어섰을 때, 소냐는 보리스의 오른손을 물어뜯고 있었고, 보리스는 왼손으로 소냐의 코를 후려치고 있었다.

"이게 도대체 무슨 일이냐?"

선생님의 물음에 반 아이들은 한참 동안 입을 꾹 다물고 있었다. 그러다가 시간이 조금 지나자, 여기저기서 두서없이 떠들어 대기 시작했다.

선생님은 전달 사항을 알려 주기 위해 목소리를 높여야 했다. 쪽지 시험은 일단 4교시로 미룬다고 말한 뒤, 보리스더러 보건 선생님한테 가서 상처에 붙일 반창고를 받아 오라고 했다. 그리고 수건을 물에 적신 다음, 소녀의 목덜미에 대 주고 얼굴에 흐르는 피를 닦아 주었다.

"너희들, 정말 매일 이렇게 싸워야겠니?"

소녀는 아무 말 없이 창밖을 내다보았다. 잠시 후 보리스가 다시 교실에 돌아왔을 때는 소녀의 코피가 멎어 있었다.

"자, 이제 왜 싸웠는지 말해 봐. 한 명씩 차례로 차분하게 말해."

"저 나쁜 계집애가 저한테 침을 뱉었어요!"

보리스가 소리쳤다. 보리스는 상처에 바른 요오드가 화끈거리는 데다가, 보건 선생님 때문에 더욱더 화가 나 있는 상태였다. 보건 선생님이 웬 상처냐고 묻기에, 조금 전에 일어난 일을 이야기했더니 웃으면서 놀려 댔던 것이다.

"너, 참 우스운 녀석이구나. 그까짓 여자애한테 물리고 다니다니!"

하면서. 딱히 그것이 아니라 해도 보리스는 무진장 기분이 상했다. 여자애와 싸웠는데 기껏 비기고 말다니, 이건 정말 말도 안 되는 일이었다.

"보리스가 샘을 놀렸단 말이에요!"

이런저런 이야기를 거쳐, 돌멩이며 깨진 유리창이며 어제 저녁에 있었던 일들이 하나둘 언급되기 시작했다. 보리스는 자기가 본 것을 다시 한 번 설명했다.

"어제저녁에 제 방에 있는데, 갑자기 바깥이 무지 시끄럽더라고요. 그래서 창밖을 내다보았더니, 사람들이 횃불을 들고 앞 건물로 가고 있었어요. 아빠랑 저는 창가에 서서 그것을 구경하다가, 나중에는 발코니로 나갔어요. 거기서 더 잘 보이거든요.

그 사람들이 노래를 부르면서 횃불을 휘둘렀어요. 그러고 나서 돌멩이를 던져 창문을 깼고요. 아빠는 그 사람들이 외국인들이 사는 집에 돌을 던지는 거라고 하셨어요. 외국인들더러 자기 나라로 돌아가라고 그러는 거라고요. 외국인이 너무 많아서 이제는 어떻게 해야 좋을지 알 수가 없다는 거예요."

"그래서 네 아빠랑 너는 뭘 했지?"

"아무것도 하지 않았죠. 우리는 정말 아무 짓도 하지 않았어요!"

보리스가 대답했다.

"거짓말 마! 거기 서서 가만히 보고 있었잖아!"

소녀가 보리스에게 소리쳤다.

"그래, 내가 말했잖아. 아무것도 하지 않았다고!"

보리스도 맞받아 소리쳤다.

"아무 짓도 하지 않았어. 우린 돌을 던지지 않았다고! 그 사람들이 돌을 던질 때, 우리 위층 아저씨는 박수를 쳤어. 하지만 나랑 아빠는 그것도 하지 않았어!"

소녀가 다시 소리쳤다.

"그걸 보면서도 아무것도 하지 않았다는 건 돌멩이를 던진 거나 마찬가지야! 똑같이 나빠!"

보리스는 소녀의 말에 전혀 동의할 수 없었다. 하지만 선생님은 소녀의 말이 옳다고 했다.

"그냥 가만히 서서 구경만 한 사람들도 돌을 던지는 것에 반쯤은 찬성한 거야. 머릿속으로는 같이 돌을 던진 거나 마찬가지니까. 다만 나서서 던질 용기가 없었을 뿐이지. 돌을 던진 사람들도 다른 사람들이 그렇게 옆에 서서 말없이 구경해 주었기 때문에 그러한 만용을 부릴 수 있었던 거야. 그 사람들이 모두 자기편이라는 걸 알았던 거지."

"그럼 우리가 그때 뭘 했어야 한다는 거죠?"

보리스가 물었다. 선생님은 아이들을 향해 보리스가 했던 말을 반복했다. 그때 뭘 했어야 하냐고 질문한 것이었다. 그러자 아이들이 대답했다.

"샘한테 가 봤어야지."

"우리 아빠가 그걸 허락했을 것 같아?"

"그게 아니면, 혹시 도움이 필요하지나 않은지 전화를 해 볼 수도 있었잖아."

"너희 아빠랑 같이 샘한테 가 볼 수도 있었을 테고."

"구경꾼들이 모두 '우!' 하고 소리를 치거나 '꺼져 버려!'라고 했더라면, 난동을 부리던 사람들이 겁을 먹고 물러가지 않았을까?"

"우리도 발코니에 서서 봤어요. 우리 엄마는 경찰서에 전화를 했어요."

프라우케가 말했다. 자기는 그냥 서서 구경만 하지 않았다는 걸 반 친구들에게 알려 주는 일이 갑자기 아주 중요해진 것이었다. 자기 엄마는 그냥 가만히 있지 않고, 무언가 도움을 주기 위한 행동을 했다는 사실이…….

"너, 그 창문 깨진 데가 샘네 집이었다는 거 알았어?"

스벤이 보리스에게 물었다. 그러자 보리스는 처음으로 당황하는 듯한 기색을 비쳤다. 얼굴이 빨개지면서 말을 더듬거렸다. 하긴 뭐라고 굳이 대답할 필요도 없었다. 아이들은 보리스가 샘을 얼마나 싫어하는지 너무나 잘 알고 있었다.

보리스는 1학년 때부터 늘 반에서 1등이었다. 수학과 독일어를 아주 잘했을 뿐 아니라 축구와 달리기에서도 언제나 최고였다. 그리고 음악도 제일 잘하는 아이들 가운데 하나였다.

벌써 몇 년째 피아노를 배우고 있었기 때문이다. 학부모들 앞에서 시를 낭송하거나 음악을 연주하는 학예회나 성탄절 축제 때, 보리스의 피아노 연주는 제일 멋진 구경거리였다.

반 아이들도 이를 모두 인정했고, 보리스는 당연한 일처럼 늘 남자 회장이 되었다. 여자 회장인 소냐를 빼고는 경쟁자라고 할 만한 아이도 없었다. 사실 보리스는 소냐를 진짜 경쟁자라고 생각해 본 적이 단 한 번도 없었다. 소냐는 그저 여자아이일 뿐이니까.

그러다가 샘이 나타났다. 보리스는 샘이 1등 자리를 위협할 거라고는 꿈에도 생각지 못했다. 샘이 전학 온 지 얼마 되지 않았을 때, 수학 시험에서 자기처럼 백점을 받자 보리스는 그냥 어쩌다가 좋은 점수를 받은 줄로만 알았다.

그러나 샘은 쪽지 시험에서도 백점을 받고, 독일어 작문에서는 자기보다 더 좋은 점수를 받았다. 보리스는 도대체 어찌된 영문인지 이해할 수가 없었다. 아니, 보리스의 부모님은 더더욱 이해하지 못했다.

"너, 설마 그런 애한테 계속 질 생각은 아니겠지?"

보리스 아빠는 보리스가 작문 시험에서 '겨우' 2등을 했다는 말을 듣고 이렇게 말했다.

"어떻게 그 애가 너보다 독일어 성적이 좋을 수 있지? 학부모 회의 때 걔네 부모를 봤는데, 아프리카 사람들이더구나. 그 사람들의 아이가 어떻게 너보다 작문 성적이 나을 수 있단 말이냐? 좋게 말할 때 더 열심히 공부해, 알았어!"

"샘은 에센에서 태어났어요. 독일어 수준이 우리랑 똑같다고요."

보리스가 낮은 목소리로 중얼거렸다. 하지만 보리스의 부모님은 이런 사실을 받아들일 수 없었다. 자기 아들이 그 외국인 아이보다 더 좋은 성적을 받아야 하는 건 너무나도 당연한 일이었기 때문이다.

보리스는 집에서 겪는 괴로움을 학교에 와서 샘에게 앙갚음하곤 했다. 샘의 체육복을 감추기도 하고, 스벤의 연필깎이나 아냐의 자를 샘의 가방에 몰래 숨겨 두는 짓도 서슴지 않았다.

이 모든 게 보리스의 짓이었음이 곧 밝혀지기는 했지만, 잠깐이나마 도둑 취급을 받아야 했던 샘으로서는 다시는 떠올리고 싶지 않은 기억 중의 하나로 남았다.

15

샘을 미워하는 보리스의 감정은 '음악 경연 대회 사건'으로 최고조에 달했다. 샘의 반은 지난번 교내 음악 경연 대회에서 우승을 했기 때문에 반 아이들의 자부심이 대단했다.

지금은 시내에 있는 다른 학교들과 경쟁하는 경연 대회에 참가하기 위해 연습을 하고 있는 중이었다. 제법 큰 시중 은행에서 1등을 하는 반 아이들 모두를 일주일 동안 북해로 여행 보내 주는 상품을 내걸었다.

반 아이들은 이 상을 꼭 받고 싶어 했다. 그래서 벌써 몇 주째 열심히 연습을 하고 있었다. 대회 규정 중 가장 중요한 것은, 반 아이들이 모두 참가해야 한다는 점이었다.

다행스럽게도 샘의 반에는 개인적으로 플루트 교습을 받는 아이들이 몇 명 있는 데다, 기타를 칠 줄 아는 아이도 두 명이

나 있었다. 핑케팡 선생님은 퍼커션과 딸랑이, 실로폰, 큰북, 작은북, 트라이앵글 등 여러 종류의 악기를 집어 넣어 반 아이들이 정말로 한 명도 빠짐없이 모두 경연 대회에 참가할 수 있도록 오케스트라를 조직하였다.

오케스트라에서 가장 중요한 역할을 하는 피아노는 당연히 보리스가 맡았다. 샘이 피아노를 칠 줄 안다는 걸 아무도 몰랐기 때문이다.

그러던 어느 날 오후, 보리스가 연습 시간에 결석을 한 적이 있었다. 선생님이 당황하여 어쩔 줄 몰라 하며 보리스 대신 피아노 칠 사람을 찾자—선생님도 칠 줄 알지만 지휘를 해야 하니까—샘이 손을 들었다.

"너, 피아노 칠 줄 알아?"

선생님이 놀란 표정으로 물었다. 그런데 칠 줄 아는 정도가 아니었다. 샘은 전에 한 번도 연습한 적이 없는 그 곡을, 첫 시도에서 실수 한 번 하지 않고 훌륭하게 연주해 냈다.

그 바람에 보리스가 다음 연습 시간에 참석했을 때는 깜짝 놀랄 만한 일이 기다리고 있었다. 이미 말했듯이 보리스도 피아노를 잘 쳤지만, 샘은 보리스보다 훨씬 더 잘 쳤다.

보리스 일당들조차도 샘이 더 낫다고 말했다. 경연 대회에서 우승을 하려면 가장 잘 치는 사람이 피아노를 맡는 건 당연

한 일이었다.

보리스는 이 상황을 전혀 이해할 수 없었다. 단 한 번 연습에 빠졌을 뿐인데, 샘이라는 놈이 자신의 피아노 자리를 빼앗아 가 버리다니!

결국은 핑케팡 선생님이 타협안을 내놓았다. 비교적 쉬운두 곡은 보리스가 연주하고, 길고 어려운 곡은 샘더러 연주하라고 한 것이었다. 보리스는 더 이상 고집을 부릴 수가 없어서 동의를 하기는 했지만, 샘을 결코 용서할 수가 없었다.

그래서 반 아이들은 모두 어제저녁에 샘의 방 유리창이 깨졌을 때, 보리스가 틀림없이 좋아했을 거라고 생각했다.

"지금 우리나라에 외국인이 너무 많은 건 사실이잖아요. 그 사람들은 우리랑 생긴 것도 달라요. 우리 아빠 말씀으로는, 외국인들이 우리나라랑 맞지 않는대요. 그리고 스스로 자기 나라로 돌아가는 외국인은 한 명도 없대요. 일자리와 집을 그 사람들이 모두 차지해 버리니까, 정작 우리나라 사람들한테는 모자란다는 거예요. 또 저희 이모는 유치원에 자리가 없어서 딸을 보내지도 못하는데, 옆집에 사는 터키 여자는 아이 여섯을 모두 보내고 있대요."

보리스가 다시 이야기하기 시작했다. 선생님은 보리스가 길게 이야기하도록 그냥 내버려 두었다. 그러더니 창문 쪽으로 가서 몸을 바깥으로 숙였다.

잠시 후 선생님이 몸을 다시 일으켰을 때는, 손에 커다란 돌멩이 하나가 들려 있었다. 선생님은 보리스에게 다가가서 손바닥에 돌멩이를 쥐어 주었다.

"우리는 지금 일자리나 집 이야기를 하고 있는 게 아니야. 유치원 자리를 이야기하는 것도 아니고. 네 아빠나 이모의 입장은 나도 충분히 이해할 수 있어. 하지만 지금 우리는 돌멩이 이야기를 하고 있어. 사람을 향해 던진 돌멩이 이야기를."

"저는 돌멩이를 던지지 않았어요. 그냥 다른 사람들처럼 지켜보기만 했다고요!"

"하지만 넌 구경하면서 재미있어 했잖아! 샘이 거기 사는지 뻔히 알고 있으면서도!"

소녀가 흥분해서 소리쳤다. 쉬는 시간 종이 울리자, 보리스는 돌멩이가 마치 뜨겁게 달군 감자라도 되는 듯이 바닥에 툭 떨어뜨리고는 화장실로 다급히 달려갔다. 그리고 쉬는 시간이 끝날 때까지 문을 걸어 잠근 채 밖으로 나오지 않았다.

16

마지막 수업이 끝난 다음, 선생님이 보리스를 불렀다. 아이들이 모두 교실을 나갈 때까지 기다렸다가, 그렇지 않아도 기분이 언짢은 보리스에게 기가 막힌 말을 했다.

"너, 샘이랑 한동네에 살지? 샘네 집에 가서 숙제가 뭔지 가르쳐 주고, 오늘 수학 시간에 배운 내용도 알려 주거라."

보리스는 너무 놀랍고 어이가 없어서 눈을 둥그렇게 떴다.

"제가요? 제가 거길 왜 가요? 소냐가 가야죠. 걘 어차피 매일 샘한테 놀러 간단 말이에요!"

선생님이 보리스의 얼굴을 뚫어지게 바라보았다. 핑케팡 선생님은 아이들이 말대꾸하는 걸 용납하지 않을 때, 아주 단호한 눈초리로 한참 동안 바라보는 습관이 있었다.

평소에는 아이들과 대화를 잘하고 타협도 적당히 하는 편이었지만, 아주 가끔씩 아이들의 생각이 어떻든 전혀 상관없다는 듯한 태도를 보일 때가 있었다. 그럴 때 선생님은 꼭 자신의 뜻을 관철시켰다.

지금이 바로 그런 때였다. 보리스도 금방 눈치챌 수 있었다. 그래서 숨을 한번 깊게 들이마셨다가 푸우 하고 내쉬었다. 보리스는 샘과 소냐, 핑케팡 선생님, 그리고 반 아이들 모두에게 새삼스레 몹시 화가 났다.

하지만 이제 가방을 꾸려 샘의 집에 잠깐 들르는 것밖에는 별다른 도리가 없다는 걸 아주 잘 알고 있었다. 분한 마음에 빈 우유팩을 교실 한구석으로 뻥 걷어찼다. 평소 같으면 야단을 쳤을 선생님이 뜻밖에도 아무런 말을 하지 않았다.

보리스는 문밖에서 자기를 기다리고 있는 친구들을 쳐다보지도 않고 그냥 지나친 다음, 자전거를 세워 둔 곳으로 달려갔다. 그런데 설상가상으로 그곳에서 소냐와 딱 마주쳤다.

보리스는 아주 잠깐 동안, 소냐에게 선생님 심부름을 대신해 줄 수 있는지 물어보는 게 어떨까 생각했다. 소냐는 어차피 오늘 샘한테 갈 테니까. 아무리 생각해도 선생님이 샘에게 자기를 보내는 건 심술궂은 일이었다!

하지만 소냐가 자기를 본 척 만 척하며 지나쳐 가자, 보리스는 그 애를 쫓아가 물어보느니 차라리 혀를 깨물어 버리겠다고 다짐했다.

보리스가 집에 돌아가면서 오늘처럼 이렇게 천천히 자전거 페달을 밟은 적은 꼭 한 번, 작문 시험에서 오십 점을 받았을 때 말고는 없었다. 엄마한테 그 소식을 조금이라도 더 늦게 알리기 위해서였다.

안마당을 지나 지하실에 자전거를 세워 놓은 뒤, 출입문에서서 잠깐 생각에 잠겼다. 지금 바로 갈까, 아니면 조금 더 있다가 오후에…….

그러다가 이런 일은 가급적 빨리 해치우는 게 낫겠다는 결론을 내렸다. 그래서 샘의 집으로 달려가 초인종을 눌렀다.

17

샘이 문을 여는 순간, 보리스는 하마터면 웃음을 터뜨릴 뻔했다. 전혀 예상치 못한 방문이 당황스러웠는지, 샘이 아주 우스꽝스러운 표정을 지어 보였던 것이다.

그 애가 내뱉은 첫 마디는 무척 불친절했다.

"왜 왔어?"

샘은 문을 조금만 열고는, 도대체 무슨 일이냐는 듯한 표정으로 보리스를 바라보았다.

"뭐, 내가 오고 싶어 온 줄 알아? 선생님이 나더러 너희 집으로 가서 숙제를 알려 주라고 하셨단 말이야!"

샘은 그 말을 듣고도 보리스를 집 안으로 들일 생각을 하지 않았다. 아니, 보리스가 집 안으로 들어오는 게 싫은 눈치였다.

"그럴 필요 없어. 손을 다쳐서 글씨를 쓸 수 없거든."

샘은 붕대 감은 손을 보리스가 볼 수 있도록 문을 조금 더 열었다. 샘의 손을 보자, 보리스는 마음이 약간 불편해졌다. 그러면서도 한편으로는 이상하게 안심이 되기도 했다.

'샘이 글씨를 쓸 수 없다니……. 그럼 그냥 가도 되겠구나.'

보리스가 몸을 반쯤 돌렸을 때, 문득 수학 수업이 생각났다. 선생님이 샘에게 수학 시간에 배운 내용도 설명해 주라고 했던 것이다. 이렇게 그냥 가 버리면 선생님은 틀림없이 화를 낼 터였다.

"샘이 글씨를 쓰지 못한다 해도, 네가 뭘 배웠는지를 설명하는 데는 크게 문제 될 것 없잖니?"

아, 정말 지독하게 울화를 돋우는 선생님! 보리스는 숨을 한 번 깊게 들이마신 뒤 다시 말을 꺼냈다.

"선생님이 오늘 수학 시간에 배운 내용도 너한테 설명해 주라고 하셨어."

"난 오늘 아파. 아픈 사람은 하루쯤 수학 공부를 하지 않아도 돼."

샘이 문을 쾅 닫으려는 찰나, 샘 엄마가 현관으로 나왔다가 둘이 나누는 대화의 끝자락을 들었다. 엄마는 샘을 한쪽으로 밀치고 문을 활짝 열더니, 보리스에게 다정하게 말을 건넸다.

"샘이랑 같은 반 친구니? 오늘 배운 걸 가르쳐 주려고 왔구나. 정말 착하기도 하지. 샘, 넌 왜 친구한테 들어오라고도 하지 않니?"

엄마는 약간 짜증스런 목소리로 샘에게 물었다.

"쟤는 오고 싶어서 온 게 아니라고요. 그리고 이렇게 아픈데 공부는 무슨 공부예요?"

"아, 그래. 너야 놀고 싶어 죽을 지경이겠지. 하지만 적어도 오늘 뭘 배웠는지 정도는 물어볼 수 있잖아."

"조금 있다가 소냐가 올 거예요. 소냐가 보리스보다 훨씬 더 잘 설명해 줄 거라고요! 쟤도 아마 지금 그냥 가는 걸 더 좋아할걸요."

엄마는 이제 정말로 화가 나서 샘을 한번 쏘아보고는, 보리스에게 거실로 들어오라고 말했다. 그러고는 보리스가 괜찮다고 손사래를 치는데도 오렌지 주스랑 비스킷을 가져다가 탁자 위에 올려놓았다.

"자, 이제 둘이서 얘기 좀 나눠 봐."

엄마는 다정하게 말한 뒤 방으로 들어갔다. 보리스는 이 모든 일이 아주 불편해서 얼굴이 발개지고 식은땀이 줄줄 흘렀다. 샘이 툴툴대는 것보다 그 애 엄마가 다정하게 대해 주는 것이 훨씬 더 불편했다. 샘의 말이 사실이었기 때문이다. 핑케팡 선생님이 강요하지 않았다면, 샘의 집에 오는 일은 아마 평생 없었을 것이다.

보리스는 어색하고 당황스런 마음에 비스킷을 자꾸 집어 먹으면서도, 호기심이 일어서 집 안을 이리저리 둘러보았다. 거실은 자기네 집과 거의 비슷했다. 소나무로 만든 밝은 색 가구들, 책이 가득 꽂혀 있는 벽장, 커다란 스피커가 두 개 달린 오디오……. 그리고 그 옆에 텔레비전이 있었고, 탁자 위에는 꽃이 꽂힌 꽃병이 놓여 있었다.

보리스가 집 안을 이리저리 둘러보는 것을 못마땅하게 지켜보던 샘이 갑자기 말을 걸었다.

"뭐 특별히 찾는 거라도 있어? 내가 도와줘? 옷장 속에 뭐가 들어 있나 한번 볼래?"

이미 발개져 있던 보리스의 얼굴이 이 말에 한층 더 새빨갛게 물들었다.

"우리 집이랑 비슷하네. 그러니까 내 말은……."

"그럼 우리 집이 어떨 거라고 상상했는데?"

글쎄, 정말 무슨 상상을 했던가? 아프리카 사람들의 원시적인 모습을 담은 가면이 있을 거라고, 이상한 약초 냄새가 풍길 거라고, 샘 엄마가 독일어를 할 줄 모를 거라고? 보리스는 그동안 자기가 무슨 상상을 해 왔는지 스스로도 알 수가 없었다.

"외국인들, 특히 흑인들은 모두 정글에서 왔어. 오두막에서 살다 온 거지. 냉장고나 온수는 고사하고, 수세식 화장실도 모르던 사람들이 이제 제대로 된 집에서 살게 됐단 말이야. 그러니 그 사람들이 사는 집 꼴이 뭐가 되겠니? 삼 주일만 지나면 냉장고는 고장나고, 화장실은 막히고 그러는 거지. 그러면 우리 같은 사람들이 일일이 쫓아다니면서 그걸 고쳐 주어야 하는 거야. 물론 우리 국민들이 낸 세금으로 말이지."

작은 전기 회사에서 일하는 보리스 아빠는 늘 이렇게 말하곤 했다. 아빠가 다니는 회사는 사회 복지 회관에서 운영하는 망명자 기숙사와 주택을 일부 관리하고 있었다.

보리스는 아빠가 이 집에 와 보면 무척 놀랄 거라고 생각했다. 그리고 샘 몰래 손가락으로 탁자 위를 한번 스윽 닦아 보았다. 먼지 한 톨 묻어나지 않았다. 엄마가 이런 집은 하나같이 더럽고 지저분하다고 했는데……

"자, 어서 설명해 봐. 너, 비스킷이나 먹으려고 여기 온 건 아니잖아."

보리스를 지켜보고 있던 샘이 손가락으로 탁자를 톡톡 두드리며 짜증스런 목소리로 말했다. 보리스는 마지막 비스킷을 삼킨 뒤 가방에서 수학책을 급히 꺼냈다. 그리고 새로 배운 내용을 샘이 알아듣기 힘들 만큼 빠른 목소리로 짤막하게 설명했다.

"그냥 다음 수학 시간에 들어도 될 걸 그랬네. 이것 때문에 일부러 올 필요는 없었어."

보리스가 설명을 끝내고 책을 다시 가방에 집어 넣자 샘이 말했다. 보리스도 같은 생각이었다. 오늘 배운 건 별로 어렵지 않았다. 그리고 샘이 누군가? 자기네 반에서 보리스와 1, 2등을 다투는 아이가 아닌가 말이다.

'하지만 뭐, 내가 오고 싶어서 왔나? 그래, 선생님은 그저 나를 약올리고 싶으셨던 거야. 처음부터 이럴 줄 알았어.'

하지만 이런 말을 샘에게 할 수는 없었다. 그러려면 처음부터 모든 걸 설명해야 했다. 소냐와 싸운 거며, 반에서 화염병과 돌에 대해 이야기한 거며……. 그러나 샘에게 그런 말을 할 마음은 눈곱만치도 없었다.

보리스는 얼른 일어나 가방을 챙겼다.

"너, 월요일에는 학교 올 거야? 내 말은…… 네 손 말이야. 아직도 많이 아파?"

샘은 아무런 대꾸도 하지 않은 채, 붕대 감은 손을 등 뒤로 감추고는 보리스가 어서 가기를 기다렸다. 엄마는 현관에 서 있다가 보리스를 문밖까지 바래다주고는 다시 한 번 고맙다는 인사를 했다.

"또 놀러 와. 샘이 좋아할 거야."

'제가 원해서 오는 일은 절대 없을 겁니다요.'

문이 닫히자 보리스는 속으로 이렇게 웅얼거렸다. 샘 엄마
는 친절하지만 샘은……. 어쨌든 자기가 해야 할 일을 끝내서
다행이라는 생각이 들었다.

샘은 보리스가 안마당을 가로질러 자기네 집으로 뛰어가는
걸 창문 너머로 보고 있다가, 괜스레 화를 내며 스툴을 발로 세
게 걷어찼다. 그 모습을 보고 엄마가 샘의 팔을 꽉 잡고 자기
쪽으로 돌려세웠다.

"너, 지금부터 엄마 말 잘 들어. 뜻하지 않은 일 때문에 학교
에도 못 가고 이렇게 집에 있게 되어서 네 기분이 나쁘다는 거
잘 알아. 물론 손도 아플 거고. 하지만 그렇다고 네 친구를 막
대하면 되겠니? 수업 시간에 배운 걸 너한테 알려 주려고 일부
러 여기까지 찾아온 친구한테……. 그런 친구가 있다는 걸 고
맙게 여길 줄 알아야지."

그러자 샘은 아주 경멸스럽다는 듯한 표정으로 대꾸했다.

"아이고, 쟤가 오고 싶어서 왔을 거 같아요? 핑케팡 선생님
이 억지로 보내신 거라고요. 내기할까요? 누군가 아파서 못 나
오면 선생님은 늘 그렇게 하세요. 그리고 쟤는 내 친구가 아니
에요!"

마지막 말이 지나치게 격앙되어 튀어나오자, 엄마는 깜짝 놀라서 샘의 얼굴을 바라보았다.

"대체 무슨 일이야? 걔, 아주 친절해 뵈던데……. 왜 그러는 거니? 왜 그렇게 싫어해?"

샘은 화가 나서 엄마를 밀치며 소리쳤다.

"엄마는 아무것도 모른단 말이에요!"

그러고는 자기 방으로 뛰어 들어가서, 쾅 소리가 나도록 문을 세차게 닫았다.

18

같은 시각, 보리스 아빠는 건축 현장에서 동료들과 점심 식사를 마친 다음 휴식을 취하고 있었다. 이날의 화젯거리는 오로지 하나였다. 신문에 보리스 아빠의 사진이 실린 것이었다.

사진은 정말 멋지게 나왔다. 거의 대문짝만하게 나왔는데, 하필이면 쓰레기통 옆에 서 있는 모습이었다. 사실 쓰레기통이 같이 나온 게 약간 꺼림칙하게 느껴지기는 했다. 자기가 매일 저녁 쓰레기통이나 비우는 공처가라는 걸 다른 사람들에게 굳이 알릴 필요는 없었는데…….

사진 옆에는 보리스 아빠가 인터뷰 중에 했던 말이 아주 굵은 글씨로 씌어 있었다.

돌을 던지는 건 잘못된 행동이다.

그러나 돌을 던진 사람들은 변화를 위해
적어도 뭔가를 보여 준 셈이다.

　동료들은 너나없이 보리스 아빠의 어깨를 두드렸다.
"말 한번 시원하게 잘했네. 어디 그날 얘기 좀 해 봐."
　보리스 아빠는 그날 가족들과 함께 텔레비전을 보고 있었
는데, 소년들이 횃불을 들고 몰려오더라는 이야기를 했다. 주
위에 둘러앉은 동료들은 그 소년들의 행동을 이해한다는 듯이
고개를 끄덕였다.
"아프리카, 폴란드, 러시아, 스리랑카 등지에서 사람들이 우
리나라로 마구 몰려오는 걸 더 이상 방치할 수는 없어."
　한 사람이 이렇게 말하자, 다른 사람도 동의했다.
"맞아, 우리 도시만 해도 어느 지역에 가면 도대체 여기가
독일인지 이스탄불인지 모를 때가 있다니까. 여자들은 모두
히잡(이슬람권 여성들이 얼굴이나 머리를 가리기 위해서 쓰는 스카
프)을 쓰고 있지, 터키 상점들이 가득하지, 남자들은 어두운 눈
빛으로 지나가는 사람들을 쳐다보고 말이야. 우리 집사람은
그 거리를 지나가기가 싫어서 일부러 먼 길로 빙 돌아서 다닌
다고 하더군."
　이 기사의 아래쪽에는 작은 사진이 한 장 더 있었다. 유리

창이 깨진 어느 집 창문 옆에 남자아이가 서 있는 사진이었다. 까만 고수머리에 피부가 갈색인 아이였는데, 겁에 질려 눈을 휘둥그레 뜬 채 바깥을 살피고 있었다.

보리스 아빠는 깜짝 놀라 사진을 자세히 들여다보았다. 이 아이를 어디서 봤더라…….

"우리 아들네 반은 사십 퍼센트가 외국 아이들이라네. 이러니 우리 아이들이 어떻게 국어를 똑바로 배울 수 있겠나?'

동료들이 열을 내며 계속해서 토론을 벌이는 동안, 보리스 아빠는 작은 사진을 들여다보며 곰곰이 생각에 잠겼다.

'혹시 보리스랑 같은 반이라던 그 아이 아닌가? 샘이라고 했던 것 같은데……. 지난번 학부모 총회 때 그 아이의 부모를 봤는데, 인상이 퍽 좋은 사람들이더군. 그리고 학교 성적이 아주 좋다지? 보리스와 1, 2등을 다툰다고 했지, 아마. 독일어 작문에서조차 말이야.'

"프란츠, 어떻게 생각해?"

보리스 아빠는 깜짝 놀라서 얼굴을 번쩍 들었다.

"우리 말이 맞지 않아?"

"물론이지. 당연히 나도 동의한다고. 외국인들이 너무 많이 늘었어."

보리스 아빠는 신문을 옆으로 밀어 놓고 다시 일을 하기 시작했다. 굵은 전선을 바닥에 깔면서, 깨진 창문 사이로 바깥을 내다보던 샘의 사진을 잊으려고 노력했다.

하지만 그 아이의 모습이 머릿속에서 떠나지 않았다. 횃불을 든 소년들이 몰려오는 걸 봤을 때, 그 아이는 무슨 생각을 했을까? 소년들이 왜 자기네 방 창문에다 돌을 던지는지 이유나 알고 있었을까? 내가 보리스와 함께 발코니에 나와 있던 걸 봤을까?

그 아이가 보리스네 반이라는 걸 미리 알았더라면, 틀림없이 도와주러 건너가 봤을 텐데. 나중에 들으니 화상을 입었다고 하던데……. 그런데 내가 정말로 도와주러 건너갔을까?

보리스 아빠는 새삼스럽게 머릿속으로 파고드는 갖가지 생각들을 털어 버리기 위해, 마치 물에 젖은 강아지가 물방울을 떨어 버리듯 머리를 세차게 흔들었다. 방금 자신이 한 질문에 '물론 건너갔지.'라고 확실하게 답할 수가 없어서 사뭇 기분이 언짢았다.

19

보리스 아빠가 집으로 돌아온 것은 날이 어둑어둑해진 뒤였다. 창문이 깨진 건너편 집을 보지 않으려고 짐짓 시선을 아래로 향한 채 빠른 걸음으로 안마당을 지나갔다.

그런데 옆집 부부가 멀리서부터 보리스 아빠를 알아보고 손을 흔들었다.

"마이어 씨, 오늘 신문 읽으셨어요? 마이어 씨의 사진이랑 기사가 아주 크게 났더군요. 축하합니다!"

보리스 아빠는 약간 어색한 표정으로 미소를 지었다.

"네, 읽었습니다. 사진이 잘 나왔더군요."

보리스 아빠가 계속해서 걸어가려고 하자, 그 부부가 팔을 잡아당겼다.

"우리끼리 말이지만요, 마이어 씨가 말한 게 바로 내가 말하고 싶었던 겁니다. 하지만 그걸 그렇게 솔직하게 말할 용기가 있는 사람이 어디 흔한가요? 정말 존경스럽습니다! 이 말씀을 꼭 드리고 싶었어요."

보리스 아빠는 얼른 인사를 하고 발걸음을 서둘렀다. 그때 갑자기 앞쪽에서 작은 물체가 달려오더니, 보리스 아빠와 세차게 부딪친 뒤 땅바닥에 넘어졌다. 보리스 아빠는 깜짝 놀라 아이를 일으키려고 몸을 숙였다. 둘은 서로의 얼굴을 빤히 바라보았다.

상대방이 보리스 아빠인 걸 알아차린 샘은 몸을 뒤로 젖히며 움칠했다. 보리스 아빠 역시 놀라서 잠시 동안 아무 말도 나오지 않았다. 신문에서 본 바로 그 아이였다!

"어디 다친 데는 없니?"

샘은 머리를 끄덕였다.

"너, 여기서 뭘 하니? 날이 벌써 어두워졌는데. 내가 너라면 이렇게 나와서 돌아다니지 않을 거다."

샘은 검은 눈동자를 들어 보리스 아빠의 얼굴을 물끄러미 쳐다보았다. 둘은 같은 생각을 하고 있었다. 그 소년들이 다시 온다면……. 그들이 샘에게 무슨 짓을 할지 아무도 모르는 일 아닌가.

'이렇게 어린 아이가, 그저 피부색이 검다는 이유만으로 불

안하게 살아야 한다니…… 정말이지 끔찍한 일이군.'

보리스 아빠는 잠시 생각에 잠겼다가 낮은 목소리로 말했다.

"얼른 집에 가는 게 좋겠다. 너무…… 위험해. 무슨 말인지 알지? 그 소년들이 다시 올지도 몰라."

하지만 샘은 고개를 저으며 쓰레기통 쪽으로 다가가더니, 쓰레기 더미를 파헤치기 시작했다. 보리스 아빠는 어리둥절한 표정을 지으며 샘의 행동을 지켜보았다.

샘은 쓰레기를 모조리 바깥으로 끌어내어 땅바닥에 내려놓은 뒤 뭔가를 한참이나 찾는 눈치였다. 쓰레기통을 거의 절반 가까이 비운 뒤에야 곰 인형 하나를 찾아내어 높이 쳐들었다.

보리스 아빠는 구역질이 나서 얼굴을 찡그렸다. 곰 인형은 케첩과 피자 찌꺼기가 묻어서 아주 더러웠다.

"얘야, 그 곰 인형 이제 못쓸 것 같다."

그러자 샘이 작은 소리로 대답했다.

"어제 화염병에 맞아서 타 버린 거예요. 그래서 아빠가 쓰레기통에 버렸고요."

탄 자국 말고도, 쓰레기통에서 완전히 더럽혀진 곰 인형을 두 사람은 한참 동안 말없이 내려다보았다. 샘의 뺨 위로 눈물이 흘러내렸다. 샘은 갑자기 곰 인형을 쓰레기통 안으로 휙 던져 넣더니, 땅바닥에 있던 냄새나는 쓰레기를 두 손에 가득 집어 들어 그 위로 흩뿌렸다. 그러고는 아무 말도 하지 않고 자기 집으로 달려갔다.

보리스 아빠가 눈으로 샘의 뒤를 좇았다. 샘이 출입문 안으로 사라지자, 쓰레기통 안을 한참 동안 들여다보며 생각에 잠겼다. 그는 숨을 한번 크게 들이쉰 다음, 서류 가방을 땅에 내려놓고 쓰레기통을 뒤지기 시작했다.

손가락 끝으로 음식 찌꺼기를 비롯한 갖가지 쓰레기들을 끄집어낸 뒤 쓰레기통 옆에 내려놓았다. 견딜 수 없을 만큼 역겨운 냄새가 났다.

하필이면 그때 이웃 사람이 쓰레기통을 비우려고 밖으로 나왔다. 그 사람은 보리스 아빠가 쓰레기통 위로 몸을 굽히고 있는 모습을 이상하다는 듯이 쳐다봤다.

"마이어 씨, 내가 도울 일이라도⋯⋯. 뭔가 중요한 걸 잃어버리신 모양이군요."

보리스 아빠가 깜짝 놀라 몸을 움칠했다. 날이 이미 어두워져서 자기 얼굴이 빨개진 걸 상대방이 알아볼 수 없는 게 정말로 다행스러웠다.

"아니요, 괜찮습니다. 장모님이 물려주신⋯⋯ 오래된 은숟가락을 실수로 버려서요."

보리스 아빠가 말을 더듬었다.

"아, 그래요? 그럼 어서 계속 찾으세요."

이웃 사람은 그렇게 말한 뒤, 다시 건물 안으로 들어갔다. 보리스 아빠는 숨을 한번 크게 내쉬었다. 더러운 곰 인형 하나 때문에 이러고 있다니, 이 모습을 직장 동료들이 본다면 뭐라고 할까. 더 이상은 생각조차 하기 싫었다.

드디어 찾았다! 보리스 아빠는 역겨움을 참아 가며 갈색 커피 필터와 번들거리는 음식물 쓰레기 아래에서 곰 인형을 끄집어냈다. 그리고 손가락 두 개로 인형을 되도록 몸에서 멀리 떨어지게 잡은 다음, 서류 가방을 옆구리에 끼고 지하실로 들어갔다.

세탁장에 들어간 다음, 물을 틀어 놓고 세제를 아주 많이 써 가며 곰 인형에 묻은 음식물 찌꺼기를 씻어 냈다. 그러고는 자신의 공구함에서 핀셋과 잘 드는 가위를 꺼내 타 버린 털을 조심스럽게 하나하나 잘라 냈다. 한참 뒤, 곰 인형은 마치 이발소에서 머리를 아주 짧게 깎고 막 나온 것처럼 보였다.

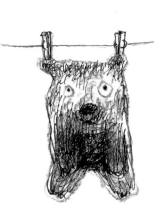

'이제 빨래집게 두 개로 빨랫줄에다 집어 놓으면 내일까지는 마르겠지.'

보리스 아빠는 무척 피곤하긴 했지만, 흡족한 마음으로 집으로 들어갔다. 화난 표정으로 서 있는 아내에게는 중요한 일이 있어 야근을 했다고 군색하게 변명했다.

곰 인형 이야기는 나중에 해야겠다고 마음먹었다. 사실 지금 이야기를 하고 싶었지만, 이렇게 늦은 시각에 왜 곰 인형을 찾기 위해 쓰레기통을 뒤졌는지, 그리고 소중한 여가 시간을 왜 세탁장에서 보냈는지 아내에게 일일이 설명하기에는 너무너무 지쳐 있었다.

20

월요일 아침, 반에서 관심의 초점이 된 보리스는 기분이 무척 좋았다. 친구들 몇 명이 아빠의 인터뷰 기사가 실린 신문을 주말에 읽었던 것이다.

스벤이 그 신문을 학교에 가지고 왔다. 아이들은 신문에 난 보리스 아빠의 사진을 보려고 그 애의 책상 주위로 모여들어서 떠들고 있었다.

그때 샘이 교실로 들어섰다. 사방이 갑자기 쥐 죽은 듯 조용해졌다. 샘은 아이들이 흰 붕대를 감은 손을 뚫어지게 바라보자 얼른 등 뒤로 감췄다.

다른 아이들이 아무 일도 없었다는 듯 일부러 천천히 자기 자리로 걸어가는 동안, 스벤은 재빨리 가방에다 신문을 구겨 넣었다.

샘은 이 분위기가 점점 불편해지기 시작했다. 아이들이 약속이나 한 듯, 자신의 얼굴을 멀뚱멀뚱 바라보고 있는 걸 더 이상 감당하기가 힘들었다. 다시 집으로 가는 편이 좋겠다는 생각이 들었다. 오늘 아침은 정말이지 기분 좋게 시작되었는데……

샘이 아침에 현관문을 열었을 때, 신발 매트 위에 곰 인형이 앉아 있었다. 털이 아주 짧게 잘려 있어서 처음에는 자신의 곰 인형인지조차 알아보지 못했다. 누군가 인형을 깨끗이 씻고, 타 버린 털을 말끔하게 자른 것이었다. 인형의 목에는 쪽지 한 장이 매달려 있었다.

사람들이 모두 돌을 던지는 건 아니란다.

이렇게 기분 좋게 하루가 시작됐는데, 지금은……. 샘이 막 교실 문을 나가려는 순간, 소녀가 팔을 잡아당기더니 다른 아이들이 있는 곳으로 끌고 갔다. 아이들은 무슨 말을 해야 할지 몰라 당황스런 표정을 지으며 서 있었다.

잠시 후, 다니엘이 조심스런 목소리로 물었다.

"많이 아파?"

샘은 고개를 저었다.

"넌 다음 시험 안 봐도 되니까 좋겠다."

아냐가 이렇게 말하자, 사샤가 무슨 정신 나간 소리냐는 듯한 표정으로 제 이마를 톡톡 쳤다. 그 바람에 아냐의 얼굴이 새빨갛게 변했다.

"어떻게 그런 말을 할 수 있어? 너, 바보야?"

사샤가 구박을 하자, 아냐는 몸을 돌려 자기 자리로 가 버렸다. 이 불편한 분위기를 피하기 위해, 그저 뭔가 말을 건네야겠다고 생각했던 것뿐인데…….

핑케팡 선생님이 들어와서 수업 준비를 하자, 아이들은 가까스로 한시름을 놓았다. 다른 날 같으면 수업이 싫었겠지만, 이날만큼은 어색한 분위기를 벗어날 수 있어서 차라리 다행스럽게 여겨졌다.

선생님은 지난주에 일어났던 일에 대해서는 한마디도 언급하지 않았다. 샘에게도 지난 금요일에 왜 결석을 했는지 이유를 묻지 않았다. 그저,

"샘, 다시 나와서 반갑구나."

라고 말했을 뿐이다. 엄마가 써 준 결석 사유서를 선생님에게 내지 않고 잘게 찢어 학교 운동장에 있는 쓰레기통에 버렸는

데도…….

다음 시간은 체육 수업이었다. 남자 탈의실을 지나던 핑케팡 선생님은 자신의 귀를 의심했다. 아이들이 커다란 목소리로 이렇게 외치고 있었다.

"누가 검둥이를 두려워하지?"

"아무도 없지!"

다른 아이들이 소리쳤다.

"그런데 검둥이가 다가오면?"

"도망가야지!"

그러고는 마구 뛰는 발소리와 아우성 소리가 뒤를 이었다. 선생님은 아무도 눈치채지 못하게 문을 살짝 열고 탈의실 안을 살펴보았다. 반 아이들이 샘을 둘러싸고 인디언 춤을 추고 있었고, 샘은 손으로 얼굴을 가리고 있었다. 아이들은 모두 팔을 들었다 내렸다 하며 날카로운 소리를 질러 댔다.

그때 선생님이 문을 세차게 꽝 닫았다. 얼마나 세게 닫았는지 한쪽에 세워져 있던 옷걸이가 흔들거릴 정도였다. 춤을 추던 아이들은 깜짝 놀라 못 박힌 듯 제자리에 우뚝 멈춰 섰다.

"이거 누가 시작했지?"

선생님이 나지막하게 물었다. 하지만 말 한마디 한마디에 화가 뚝뚝 묻어나는 것을 모두 느낄 수 있었다. 아무도 대답

을 하지 못하고 조용히 서 있자, 한 아이가 작은 목소리로 말했다.

"보리스요. 이건 원래 보리스가 하는 놀이예요. 체육 시간이 시작되기 전에 매번 이렇게 노는걸요."

옆에 둘러서 있던 아이들이 방금 말한 아이를 손가락으로 쿡쿡 찔러 댔다. 그 아이가 뭔가 이야기를 더 하려고 입을 달싹이자, 이번에는 옆에 서 있던 아이가 훅 떼밀어 버렸다. 어찌나 세차게 밀었던지, 그 아이가 바닥에 엎어지면서 다른 아이들까지 차례로 걸려 넘어지고 말았다.

"또 보리스로구나. 보리-이-스!"

선생님은 더 이상 화를 참지 못하고 소란스럽게 구는 아이들을 향해 소리를 버럭 질렀다. 하지만 보리스가 춤추던 아이들 틈에 끼어 있지 않은 것을 보고서 잠시 어리둥절해했다. 그때 보리스가 탈의실 한쪽 구석에서 창백한 얼굴로 일어섰다.

보리스는 친구들의 옆을 천천히 지나서 선생님한테로 갔다. 아이들은 평소에 그다지 겁쟁이들이 아니었지만, 오늘은 보리스의 얼굴을 똑바로 쳐다볼 수가 없었다. 핑케팡 선생님이 오늘처럼 심하게 화를 낸 적이 없었기 때문이다.

선생님이 보리스에게 뭔가 말을 꺼내려고 하자, 샘이 먼저 입을 열었다.

"선생님, 보리스는 오늘 같이하지 않았어요. 내내 저기 구석에 앉아 있었는걸요."

선생님은 잠깐 생각에 잠긴 채 샘의 표정을 찬찬히 뜯어보았다.

'이 말이 사실일까? 아니면 보리스가 자기를 놀린 일로 지금 나한테 벌을 받으면, 나중에 집에 갈 때 보복이라도 할까 봐 두려워서 거짓말을 하는 것일까?'

"그래, 좋다. 샘이 그렇게 말하니 믿을 수밖에. 그렇지만 이 해괴한 짓을 시작한 건 보리스 네가 맞지?"

보리스는 시선을 아래로 떨어뜨린 채 고개를 끄덕였다. 순간 샘이 사실을 말해 준 건 고마운 일이지만, 다른 아이가 말해 줬더라면 더 좋았을 거라는 생각이 들었다.

"그리고 다른 아이들도 같이했다는 거지? 그렇다 해도 나을 건 하나도 없다. 아무튼 그건 나중에 이야기하도록 하자. 자, 이제 모두 체육관으로 들어가거라!"

평균대 위를 여러 번 반복해서 걷는 것 정도의 벌은 받을 것이라고 생각했던 아이들은, 체육 시간 내내 피구를 하라는 선생님 말씀에 깜짝 놀랐다. 평균대 위를 걷는 일은 아이들 모두가 싫어했는데, 그중에서도 특히 남자아이들이 더 끔찍해했다.

핑케팡 선생님은 오늘 아이들끼리 운동을 하라고 시킬 수 있어서 다행이라고 생각했다. 아이들이 운동하는 모습을 지켜보는 동안에도, 조금 전 탈의실에서 본 일이 머릿속을 떠나지 않았다.

바로 지난주에 다른 사람들에게 돌을 던지면 안 된다는 것에 모두 동의했는데, 오늘 또 이런 일이 생겨 버리다니! 아이들이 직접 돌을 던진 것은 아니지만, 언어 폭력을 휘두른 것만은 분명한 사실이었다.

드디어 쉬는 시간 종이 울렸다. 핑케팡 선생님은 이 문제에 관해 조언해 줄 만한 사람이 있을지도 모르겠다는 생각을 하면서 종종걸음으로 교무실로 향했다

21

점심시간이 되자 샘은 집으로 갔다. 엄마는 아직 집에 있었고, 아빠는 장을 보러 시내에 나가고 없었다. 엄마가 식탁 위에 샘의 점심을 차리면서 물었다.

"오늘 오후에 할 일 없니?"

샘은 고개를 저어 보이며, 제발 엄마가 더 이상은 아무것도 묻지 않기 를 바랐다.

"오늘 경연 대회 연습하는 날 아니야?"

"전 안 가요. 가서 뭘 해요? 같이 연주할 것도 아닌데."

"그럼 네가 연주하려던 곡은? 그건 누가 하는데?"

"누군 누구겠어요? 보리스지. 걔, 아마 무척 좋아할걸요. 이제 자기가 세 곡을 다 하게 돼서."

"그렇더라도 한번 가 보지 그러니? 듣기만 해도 배우는 게 있을 텐데."

"아이고, 엄마!"

샘은 조롱하듯 피식 웃었다. 같이 연주를 할 것도 아닌데 대체 뭘 배운단 말인가? 하지만 엄마는 한참 동안이나 샘을 설득했다.

"딸랑이를 흔들거나 북을 칠 수도 있지 않니?"

샘은 울화통이 터지려는 걸 억지로 참으며 귀를 틀어막았다. 음악 경연 대회에서 가장 중요한 역할인 피아노를 치기로 되어 있었는데, 이제 와서 기껏 딸랑이나 흔들라고?

엄마가 뭐라고 말하든지 간에 샘은 그곳에 가지 않을 작정이었다. 단순히 딸랑이 때문만은 아니었다. 보리스가 좋아하는 꼴을 어떻게 보고 있으란 말인가? 그건 정말이지 너무나 끔찍한 일이었다.

다른 때 같으면 집에 혼자 있는 것이 무척 싫었을 테지만, 오늘은 엄마가 외투를 입고 병원에 갈 채비를 하자 매우 다행스럽게 여겨졌다. 엄마는 집을 나서기 전, 샘에게 한 가지 당부를 하였다.

"오늘 아침에 브란트 선생님한테 전화를 해 뒀어. 이따 5시경에 병원에 들러! 선생님이 손을 치료해 주실 거야. 절대로 잊으면 안 돼!"

샘은 고개를 끄덕인 다음, 빈 그릇을 개수대에 갖다 놓은 뒤 뜨거운 물을 틀었다. 엄마가 오후 근무를 할 때면 샘이 점심 설거지를 하곤 했다. 한 손으로 그릇을 씻느라 시간이 오래 걸렸지만, 이렇게 시간을 때울 수 있어서 오히려 다행이라는 생각이 들었다.

설거지를 하고 난 후에는, 책가방에서 책을 꺼내 들고 자기가 좋아하는 창가 자리에 가서 앉았다. 비닐을 붙여 놓은 창문으로 안마당과 놀이터가 흐릿하게 눈에 들어왔다.

선생님은 오늘 쓰는 숙제는 하나도 내주지 않았다. 손을 다쳐서 좋은 점이 바로 이런 것이었나? 만약 왼손을 다쳤더라면 손이 아픈데도 불구하고, 숙제는 숙제대로 해야 해서 몹시 억울했을 터였다.

읽기 숙제는 10분 만에 끝났다. 다른 날 같으면 좋아했겠지만, 오늘은 숙제가 더 있었더라면 하고 바랐다 오후 내내 뭘하며 시간을 보내야 하지?

소냐와 반 친구들은 오늘 모두 음악 경연 대회 연습을 해야 했다. 옆집에 사는 아이들과 축구를 하고 싶었지만, 그건 엄마가 허락을 하지 않는 일이었다. 샘은 한숨이 절로 나왔다.

엄마는 샘에게 무슨 일이 생길까 봐 지나치게 걱정을 많이 했다. 그래서 직장에 가서도 하루에 몇 번씩이나 전화를 하고 샘이 바로 전화를 받지 않으면 지나치게 불안해했다.

샘은 밖에서 친구들과 축구를 하다가도 6시가 되면 엄마의 전화를 받기 위해 집으로 돌아와야 했다. 이런 일은 정말로 짜증스러웠다.

그래도 지금까지는 별일 없이 잘 지냈다. 급한 일이 생기면 옆집 아줌마에게 가면 되었으니까. 그런데 그날 저녁에 아주 위험한 상황이 벌어졌을 때, 하필 옆집 아줌마는 개를 데리고 산책을 나가고 집에 없었다.

샘은 나중에야 엄마가 왜 그렇게 항상 자기 걱정을 해야 하는지 알게 되었다. 엄마의 불안감은 고향에서 겪은 끔찍한 경험 때문이었다. 엄마가 어느 날 일을 하고 돌아와 보니, 집은 부서지고 부모님과 형제자매들은 죽었거나 어디론가 끌려갔더라고 했다. 전쟁 통에 적군이 와서 엄마가 살던 마을에 불을 질렀던 것이다.

엄마의 마음속에는 그런 일이 또 생길지도 모른다는 불안감이 아주 깊게 자리 잡고 있는 모양이었다. 그런데 하필이면 지난주에…….

아래를 내려다보니, 보리스와 프라우케가 자전거에 올라타막 출발하고 있었다. 음악 경연 대회 연습은 3시에 시작했다. 샘은 붕대 감은 손을 만지작거리다가 아플 때까지 꽉 눌렀다.

운이 좋으면 음악 경연 대회를 시작하기 전에 손이 나을지도 몰랐다. 샘은 이 경연 대회를 너무나 기다려 왔기 때문에 연습도 아주 많이 했다. 그런데 이제 모든 것이 쓸모없게 되어 버렸다.

샘은 거실 구석에 있는 피아노 앞으로 다가갔다. 아빠가 친구한테서 싼값에 산 피아노였다. 새로 조율을 한 데다 까만색으로 칠까지 해서 거의 새것처럼 보였다.

손을 건반 위에 올려놓았다. 오른쪽 손가락으로 건반을 몇 개 눌러 보았지만 붕대가 거치적거려서 피아노를 칠 수가 없었다. 샘은 조심스럽게 붕대를 풀었다. 손바닥이 아주 새빨갛게 물들어 있는 데다, 온통 작은 물집이 잡혀 있었다.

손가락이 접히는 부분은 피부가 다 벗겨져 버렸다. 피부가 벗겨진 자리는 무언가 조금만 닿아도 아주 쓰라리고 아팠다. 그리고 손가락도 뻣뻣하고 감각이 없었다. 아마 피아노를 친다고 해도, 속도가 아주 느릴 것 같았다. 이런 속도라면 샘이 겨우 첫 소절을 마칠 즈음, 다른 아이들은 한 곡의 연주를 다 끝마칠 터였다.

샘은 피아노 앞에 앉은 채로 입술을 깨물었다. 3시 30분, 지금쯤 연습이 한창이겠지? 그리고 얼마 전까지 내 자리였던 피아노 앞에는 보리스가 앉아서, 원래 내가 치려 한 곡마저 다 치

겠구나. 세 곡 모두…….

선생님은 틀림없이 샘에게도 뭔가 왼손으로 칠 수 있는 악기를 권할 것이었다. 반 아이들이 어떤 식으로든 모두 참가해야 한다는 게 음악 경연 대회 규정이니까. 음악실의 악기 보관함에는 아직 딸랑이와 작은북이 몇 개 남아 있었다.

"안 할 거야!"

샘은 갑자기 이렇게 소리를 지르고는, 자기 목소리에 스스로 깜짝 놀랐다. 어쨌든 딸랑이는 흔들지 않을 거야. 나 없이 해 보라고 하지, 뭐. 반 년 전, 내가 전학 오지 않았을 때도 나 없이 잘했잖아.

샘은 음악 경연 대회에 나가지 않았을 때에 생길 수 있는 좋은 점을 여러 가지로 생각해 봤다. 적어도 연습은 안 해도 되었다. 연습을 많이 해야 하는 건 진짜 짜증나는 일이었다. 특히 경연 대회를 삼 주일가량 앞둔 지금은 신경이 아주 날카로울 때였다. 왜 그렇게들 열심히 연습을 하지? 물론 1등을 하기 위해서였다. 반 전체가 일주일 동안 북해로 여행 가는 상품을 받기 위해서.

샘은 자기 반이 1등을 한다 해도 같이 여행을 가지는 않을 작정이었다. 아이들은 물론 같이 가자고 하겠지만. 핑케팡 선생님의 목소리도 귀에 들리는 듯했다.

"샘, 너도 당연히 같이 가야지. 너도 우리 반이잖아. 네가 손을 다친 건 어디까지나 사고란다. 정말 운이 나빴던 거지."

사고라니. 운이 나빴던 거라니! 그날 저녁에 일어났던 일을 표현할 말은 참 많기도 하지! 선생님의 동정 따위는 받고 싶지 않았다.

"아니요, 됐어요. 관심 없어요."

샘은 아주 멋지게 거절할 생각이었다. 하지만 눈물이 볼을 타고 흘러내리는 걸 막을 수는 없었다. 샘은 화가 나서 피아노 뚜껑을 세차게 닫아 버린 뒤, 재킷을 집어 들고 집 밖으로 뛰쳐나갔다.

22

브란트 선생님의 병원에 가기에는 아직 너무 이른 시각이었다. 5시에 오라고 하지 않았던가. 하지만 운이 좋으면 차례가 빨리 돌아와 더 일찍 치료를 받을 수 있을지도 몰랐다.

그렇게만 된다면 오늘 치료는 일찌감치 끝낼 수 있을 테지. 또 어쩌면 의사 선생님이 손을 빨리 낫게 하는 기적의 연고를 줄지도모르고.

내일 손이 다 나아서 학교에 가면 보리스가 얼마나 놀랄까! 샘은 이렇게 생각하니 미소가 절로 번져 나왔다. 제발 그런 일이 생겨서 보리스가 멍한 표정으로 자신의 얼굴을 쳐다보게 되길! 자기가 대단한 피아노 연주자나 되는 듯이 굴다가, 나에게 다시 자리를 넘겨줘야 하는 꼴이라니.

병원으로 가는 길에 학교 앞을 지나쳤다 음악실 창문은 도로 쪽으로 나 있었는데 그중 하나가 열려 있었다. 샘은 발걸음을 멈추고 귀를 기울였다. 약간 짜증이 섞인 핑케팡 선생님의 목소리가 들렸다

"자, 보리스! 다시 한 번 해 봐라."

그러자 샘이 연주할 곡이 흘러나왔다. 샘은 공중에 대고 왼손으로 연주를 했다. 한참을 그러다가 갑자기 자기도 모르게 얼굴을 찡그렸다. 보리스가 음을 하나 틀려서 다시 치는 동안, 나머지 오케스트라가 제 리듬을 잃어버리고 말았다. 선생님은 곧 연주를 중단시켰다.

"보리스, 그렇게 하면 안 돼! 네가 음을 하나 틀렸더라도 계속해서 연주해야 하는 거야. 그렇지 않으면 다른 악기들이 모두 엉망이 되어 버려! 자, 처음부터 다시!"

하지만 샘은 공중에다 계속 피아노를 쳐 나갔고, 마지막까지 실수 없이 무사히 연주를 마쳤다. 지나가는 사람들이 이상하다는 듯이 쳐다보든 말든, 사방에다 대고 꾸벅꾸벅 인사를 했다.

음악실에서 곡이 다시 연주되기 시작했다. 이번에는 중단되는 일 없이 끝까지 연주되었다. 곧이어 선생님 목소리가 들려왔다.

"이 정도면 그럭저럭 됐다. 앞으로 더 잘하겠지. 하지만 보

리스, 넌 정말 부지런히 연습해야겠구나. 샘한테 가서 악보를 가지고 오는 게 제일 좋은 방법이겠어. 내가 샘의 악보에다가 어떤 부분을 어떻게 연주해야 하는지 자세히 써 놨거든."

"샘의 손이 경연 대회 전에 나을지도 몰라요."

이건 소녀의 목소리였다.

"그렇게만 된다면 정말 좋겠지. 하지만 우선 우리가 할 수 있는 건 모두 준비해야 돼."

샘은 활기차게 병원으로 향했다. 어쨌든 지금 음악실에서는 내 생각을 조금이라도 하고 있다는 거지? 이제 의사 선생님이 기적의 연고를 처방해 주기만 하면 될 듯했다.

그러나 1시간 후, 병원에서 집으로 돌아가고 있는 샘은 더 이상 활기찬 모습이 아니었다. 학교 앞을 지나치지 않기 위해 일부러 길을 빙 돌아서 집으로 왔다.

의사 선생님에게서 연고를 받긴 받았는데, 내일 아침까지 상처를 말끔히 낫게 하는 기적의 연고가 아니었다. 이 연고도 물론 상처를 낫게야 하겠지만, 시간이 너무 오래 걸렸다. 삼 주 안에 다시 피아노를 치기는 틀려 버렸다. 이제 한 가지는 확실해졌다. 끝장이다!

의사 선생님은 이것저것 이야기를 늘어놨지만, 샘은 모두 그냥 흘려들었다. 불행 중 다행이라는 둥, 더 나쁜 상황이 될 수도 있었다는 둥……. 물론 모두 맞는 말이긴 했지만, 지금 샘에게는 전혀 위로가 되지 못했다.

집에 와 보니, 아빠가 걱정스런 얼굴로 샘을 기다리고 있었다.

"도대체 어딜 갔던 거냐? 다음부터는 밖에 나갈 때 꼭 쪽지를 남겨 두거라."

"병원에요. 엄마가 가라고 하셨어요."

"그래, 의사 선생님이 뭐라고 하시던?"

"저, 피아노 못 친대요."

"그래? 다른 말은 없었지? 다행이다. 나도 그런 고민만 있다면 좋겠구나! 피아노야 다음에 치면 되지, 뭐. 손가락이 다시 온전하게 나을 수 있다는 사실이 중요한 거란다."

샘은 어리둥절한 표정으로 아빠 얼굴을 쳐다보았다. 자신이 이번 경연 대회에 참가할 수 없다는데도, 아빠는 정말 아무렇지도 않은 표정이었다. 지금까지 매일 저녁 샘에게 경연 대회에서 칠 곡을 연습시킨 사람이 바로 아빠이면서도.

피아노 연습이 끝나면 아빠는 늘 엄마에게 자랑스럽게 말하곤 했다.

"우리 아들은 정말로 훌륭한 어린이 예술가야. 그렇지 않아, 여보?"

샘은 식탁에 앉아 커피를 마시고 있는 아빠의 얼굴을 바라보다가 분을 이기지 못해 문을 쾅 닫고 부엌에서 나왔다. 다음이라는 말에는 아무런 관심도 없었다. 지금 당장 피아노를 치고 싶었다. 샘은 워크맨을 꺼내 테이프를 하나 넣은 다음 침대 위에 벌렁 드러누웠다.

23

저녁 6시쯤, 초인종이 울렸다. 소냐였다.

"네가 와 줘서 참 다행이야. 샘의 기분 좀 달래 줘. 지금 제 방에 누워 있는데, 말도 못 붙이게 하는구나."

아빠가 소냐를 반갑게 맞으며 말했다. 소냐가 샘의 방문을 두드렸다. 머리에 헤드폰을 쓰고 과자 봉지를 팔에 낀 샘이 문을 열었다.

"너랑 얘기할 게 있어. 헤드폰 좀 벗어 봐."

샘은 소냐의 주위를 빙빙 돌며 음악에 맞춰 춤을 췄다. 물론 소냐는 음악을 들을 수 없었다. 샘이 소냐에게 과자 봉지를 내밀었다.

"먹어. 공짜야."

소냐가 이마를 톡톡 쳤다.

"너 제정신이 아니구나, 그렇지?"

소녀가 샘의 헤드폰을 아래로 약간 내렸다.

"모두들 기다렸는데, 연습에 왜 안 왔니? 선생님이 화가 많이 나셨어."

"왜 기다려? 보리스가 있는데?"

소녀가 처음으로 샘에게 소리를 질렀다. 소녀는 뭔가 자기 마음에 들지 않으면 쉽게 흥분하는 성격이었지만, 지금까지 샘에게 이렇게 소리를 지른 적은 단 한 번도 없었다.

"너, 잘 들어! 네가 손을 다친 게 내 책임이야? 적어도 연습에는 참석을 했어야지. 한 손으로도 북은 칠 수 있잖아!"

"딸랑이도 흔들 수 있겠지!"

샘은 과자 봉지를 딸랑이처럼 위아래로 흔들었다. 그러자 소녀가 화가 나서 팔을 마구 휘둘렀다. 그 바람에 봉지에서 와르르 쏟아진 과자가 소녀의 옷이랑 방 안 여기저기로 날아갔다.

소녀는 한 손으로 샘한테서 과자 봉지를 빼앗고, 다른 한 손으로는 헤드폰을 벗겼다.

"너도 우리 반이야. 무슨 말인지 모르겠어? 너도 같이해야 한다고! 네가 보리스보다 잘한다는 건 누구나 다 알고 있어. 하지만 지금 다른 방법이 없잖아. 네가 할 수 없으니까 보리스가 하는 거야. 그런데 너, 병원에는 갔다 왔니?"

샘은 천천히 고개를 끄덕였다. 자세히 설명하지 않아도 소녀는 샘의 마음을 이해할 수 있었다.

"그냥 딸랑이만 하면 안 될까? 그건 너무 싫어?"

소녀가 낮은 목소리로 물었다. 샘은 그 말에는 대답하지 않은 채, 네 발로 방바닥을 기어 다니며 과자 부스러기를 주워 모았다. 만약 소녀나 다른 누군가가 대신 피아노를 친다면, 기분이 이렇게까지 나쁘지는 않을 것 같았다. 하지만 보리스가 치는 것은……

소녀는 여전히 짜증스런 표정으로 샘을 바라보고 서 있다가, 샘처럼 바닥에 쪼그리고 앉아 스웨터에 붙은 과자 부스러기를 떼어 내기 시작했다. 그러고는 봉지에 넣는 대신 입 안에 털어 넣었다. 그 모습을 보고 있던 샘은 비어져 나오는 웃음을 참을 수가 없었다.

"자, 어떻게 할 거야? 올 거야, 말 거야?"

"생각해 볼게."

샘은 꼭 가겠다는 약속만큼은 하지 않으려 애를 썼고, 소녀도 오늘은 이 정도로 만족해야 한다고 생각했다.

24

그런데 샘에게만 문제가 있는 게 아니었다. 그 사건이 있던 날부터 아빠의 행동도 사뭇 이상해졌다. 소파에 앉아 신문을 뚫어지게 바라보면서도, 1시간 내내 한 장도 넘기지 않을 때가 많았다.

샘이 아빠에게 뭔가 이야기를 하려 할 때도 전혀 귀를 기울이지 않았다. 어떤 때는 이야기를 하는 도중에 갑자기 벌떡 일어나 주변을 여기저기 정리하기도 했다.

그러면서 집이 왜 이렇게 지저분하냐고 화를 내는가 하면, 메모를 적은 쪽지나 오래된 신문을 쓰레기통에 던져 넣기도 하면서 아주 불편한 분위기를 만들었다. 그럴 때면 샘은 그냥 자기 방으로 조용히 들어가서 워크맨으로 음악을 들었다.

소냐가 집에 찾아왔던 날 저녁, 그 애가 들어오고 나서 얼마

지나지 않아 다시 초인종이 울렸다. 이번에는 소냐 아빠였다. 소냐 아빠는 샘 아빠와 함께 문화 센터에서 하는 요리 강좌에 다니고 있었기 때문에 매주 월요일마다 샘의 집을 방문했다.

둘 사이의 우정은 바이에른(독일 남동부에 있는 주. 주도는 뮌헨) 식 경단을 만들면서부터 시작되었다. 두 사람의 취미는 요리였는데, 무엇보다 바이에른 요리를 잘 만드는 편이었다. 6개월 전에 문화 센터에서 '초보자를 위한 바이에른 요리'라는 강좌를 개설하자, 두 사람은 누구보다도 먼저 달려가서 등록을 마쳤다.

이 요리 강좌가 아니었다면 두 사람이 친해질 일은 아마 별로 없었을 것이다. 소냐 아빠는 퇴근 후 노숙자나 망명 신청자, 그 밖에 이와 비슷한 문제를 가진 사람들을 돌보는 자원봉사를 할 만한 성격의 사람이 아니었다.

그런 유의 사람들에게 특별히 나쁜 감정이 있어서가 아니었다. 직장 생활이 많이 피곤했기 때문에 낮 동안 힘들여 일한 다음에는 그냥 집에서 편안하게 쉬고 싶었을 뿐, 또 다른 문제로 골머리를 앓기가 싫었다.

외국인에게는 어떤 인종이든 상관없이 중립적인 생각을 가지고 있었다. 평소에 소냐 아빠의 생각은 '그 사람들이 나를 괴롭히지 않는 한 나하고는 아무런 상관이 없다. 그렇다고 내가 그 사람들을 굳이 돌봐 줘야 하는 것도 아니다.' 뭐 이런 식이었다.

소냐 아빠는 정치에도 별 관심이 없었다. 텔레비전에서 외국인 노동자들에게 체류 허가를 내줘야 하는지 추방해야 하는지에 대해 토론을 너무 많이 하는 것 같아서 도리어 짜증이 날 지경이었다. 따라서 처음 몇 분 정도만 시청을 하다가 이내 다른 채널로 돌려 버리곤 했다.

하지만 음식을 같이 나눠 먹다 보면 애정이 깊어진다는 말이 맞는 모양이었다. 두 사람은 첫 시간에 경단을 요리한 후, 식탁에 마주 앉아 다음 시간에 배울 양배추 요리와 돼지 족발 요리에 관해 신나게 이야기하기 시작했다. 그러다가 두 사람이 음식이라는 주제 말고도 이야기가 무척 잘 통한다는 사실을 알게 되었다.

그 후 샘 아빠는 새로 사귄 이 친구를 저녁때 자기 집으로 불러서 에리트레아 요리를 가르쳐 주곤 했다. 맵게 양념한 고기와 채소, 빵, 그리고 계피와 카네이션과 생강을 넣은 차는 곧 소냐네 집에서도 주식 다음으로 식탁에 자주 오르는 음식이 되었다.

그 때문에 두 가족이 한데 모여 아빠들이 요리한 음식을 함께 먹는 날이 잦아졌다. 옆집 아줌마까지 불러서 자주 식사를 하는 바람에, 뜻하지 않게 소박한 잔치 분위기가 연출되는 날이 많았다.

샘 아빠는 평소에 소냐 아빠와 함께 바이에른 요리를 만들러 문화 센터에 가는 날을 무척 기다렸다. 그런데 오늘은 소냐 아빠가 집 안에 들어왔을 때까지도 체육복 차림을 한 채 거실 소파에 망연히 앉아 있었다.

"난 오늘 안 가겠네."

소냐 아빠가 샘 아빠의 생각을 돌려놓으려고 무진장 애를 썼지만, 그냥 그 자리에 그대로 앉은 채 손으로 머리를 감싸 쥐고는 더 이상 아무런 말도 하지 않았다. 소냐 아빠는 할 수 없이 아이들을 내보낸 뒤 문을 닫고는 친구 옆에 나란히 앉았다.

"피춤베르한, 무슨 일인지 제발 얘기 좀 해 봐. 지난주에 무슨 일이 있었던 건가? 전화로도 말하지 않으려고 했잖아. 거리에서 급하게 달려가는 걸 내가 봤단 말이야."

샘 아빠는 한참 동안 아무 말도 하지 않았다. 그러다가 천천히 입을 열기 시작했는데, 말하는 속도가 점점 빨라지더니 나중에는 너무 빨라서 말이 꼬일 정도였다.

"어떤 사람들이 몽둥이를 들고 날 쫓아왔어! '검둥이를 잡아라!' 하고 소리를 지르면서 말이야. '검둥이는 다 죽여야 돼!' 라고도 했어.

그 사람들은 지난주 그날 밤, 그러니까 종점 바로 직전의 정류장에서 날 기다리고 있었던 거야. 여섯 명이 타더군. 그때 전철 안에 다른 승객은 한 명도 없었어. 그 사람들이 의자에 앉아서 부츠 신은 발을 팔걸이에 올린 채 뭐라고 떠들어 댔는데, 하도 무서워서 난 일부러 못 들은 척했지.

그런데 종점에서도 내리지 않더라고. '우린 뭐 급한 거 하나도 없어.' 그러는 거야. 그래서 아무 소리 안 하고 조용히 기다렸는데, 아무리 기다려도 내리지를 않았어. 그래서 무전기로 도움을 요청하려는데, 내가 뭐라고 입을 열기도 전에 그중 한 명이 몽둥이를 들고 내 옆으로 와서 서는 거야.

그래서 그냥 도망치고 말았네. 그 사람들은 잠깐 동안 나를 쫓아오더니, 전철로 다시 돌아가더라고. 그러고는 전철을 마구 때려 부수기 시작했어. 창문이고 의자고 할 것 없이. 정말 끔찍했다네.

그런데 지금 그것보다 더 큰 걱정거리가 있어. 우리 사장님 얘기가, 내가 집으로 도망치지 말고 제일 가까운 경찰서로 가서 도움을 청했어야 한다는 거야. 이제 곧 조사에 착수한다더군. 운이 나쁘면 직장에서 쫓겨날지도 몰라. 그렇게 그냥 도망친 게 겁쟁이 같은 짓이었다는 거 나도 잘 알아. 하지만 난 너무 무서웠어. 혼이 나간 상태였다고. 무슨 말인지 알겠나?"

한참이 지난 후, 소냐 아빠가 무겁게 입을 열었다.

"회사에서 해고당하는 일은 없을 걸세. 그런 상황이라면 누구라도 무서워했을 거야."

소냐 아빠는 내일 회사에 출근하는 대로 샘 아빠의 직장에 전화를 걸어서 잘 이야기해 봐야겠다고 마음먹었다. 하지만 이런 생각을 샘 아빠에게 굳이 말하지는 않았다.

그날 두 사람은 요리 강좌에 가지 않았다. 샘 아빠는 어느 정도 기분이 안정되자, 다 함께 먹을 수 있도록 스프를 끓였다. 하지만 어찌나 맵게 끓였던지, 매울수록 좋다는 말을 입에 달고 사는 소냐 아빠조차도 숨을 후후 내쉬며 헉헉거렸다.

25

사흘 후, 샘은 결국 음악 경연 대회 연습을 하러 갔다. 발걸음은 사뭇 무거웠다. 사람들이 자기에게 더 이상 잔소리를 하지 않고 가만히 내버려 두도록 하기 위해서 연습을 하러 가는 중이었다. 여기서 사람들이란 소냐와 핑케팡 선생님, 그리고 부모님이었다.

샘이 연습을 하러 가지 않았던 그날, 엄마가 병원에서 막 돌아왔을 때 전화벨이 울렸다. 샘은 잠자리에 누운 지 꽤 오래되었지만, 한참 동안 잠을 이루지 못하고 있었다.

"어머나, 핑게팡 선생님, 안녕하세요?"

엄마가 깜짝 놀라며 약간 겁먹은 듯한 목소리로 이렇게 말하는 걸 듣자, 마침내 올 것이 왔구나 하는 생각이 들었다. 발소리를 죽이고 살금살금 침대에서 빠져나와, 조금 열려 있는 방문 뒤에 몸을 숨겼다.

선생님이 한참 동안 이야기를 하는 모양이었고, 엄마는 그 저 "네, 알겠습니다." "네, 샘과 이야기하겠습니다."라는 말만 되풀이했다

엄마가 통화를 끝내자, 샘은 얼른 침대로 돌아와 이불을 머 리 꼭대기까지 뒤집어썼다. 엄마가 방으로 들어와 낮은 소리 로 샘을 불렀지만, 끝내 자는 척하면서 꿈쩍도 하지 않았다.

다음 날 아침, 엄마가 샘에게 잔소리를 길게 늘어놓았다. 이 렇게 제멋대로 행동하지 말라고, 반 전체를 곤란하게 만들어 선 안 되는 거라고 했다. 그건 정당하지 못하다는 것이었다. 그 소리에 감정이 폭발해 버린 샘은, 다친 손을 엄마에게 쳐들 어 보이며 소리를 버럭 질렀다.

"그럼 이건 뭐예요? 이건 정당한 건가요? 내가 대체 무슨 나 쁜 짓을 했다고 화염병을 맞아야 하는 건데요? 그리고 몇 주일 이나 피아노 연습을 했는데, 이제 겨우 딸랑이나 흔들라고요?"

그러고는 자기 방으로 달려 들어가 문을 잠가 버렸다.

다음 날 학교에 갔을 때, 핑케팡 선생님은 샘을 한쪽 구석으 로 불러냈다.

"샘, 너는 잘못한 것 하나 없이 손을 다쳤다만, 잘못한 게 없

기는 우리 반 아이들도 마찬가지야. 그런데 네가 지금 경연 대회에 참가하지 않겠다고 하면, 그건 우리 모두에게 벌을 주겠다는 소리가 되지 않겠니? 반 전체가 참가해야 한다는 경연 대회 규정을 너도 잘 알고 있잖아."

"하지만 누군가가 감기에 걸렸거나 열이 높으면요? 그럼 그 아이는 빼고 다른 아이들만 참가해도 되잖아요?"

샘은 계속해서 고집을 부렸다. 그러나 사람들이 연이어 사흘이나 설득을 하자, 일단은 연습에 참석이나 해 보기로 마음을 고쳐먹었다.

"더 이상 잔소리를 듣지 않으려고 참석하는 거야."

샘은 혼잣말로 투덜거렸다. 엄마는 혹시라도 샘이 다른 곳으로 새 버릴까 싶어서 같이 가려 했지만, 워낙 강력하게 반항을 하는 바람에 포기하고 말았다. 엄마는 샘이 이렇게 난리법석을 떠는 게 아주 불편했다.

"샘, 제발 좀 참아 봐. 그런 일이 벌어진 게 끔찍하긴 하지만, 이제 차차 잊어야 하지 않겠니?"

어쨌든 연습 시간이 되자, 샘은 딸랑이를 손에 들고 아주 성의 없이 흔들었다. 선생님이 악보에다 샘이 딸랑이를 흔들어야 할 곳을 빨간색 펜으로 표시해 주었지만, 그건 아예 들여다보지도 않았다.

샘은 보리스만 바라보았다. 오늘따라 보리스는 세 곡 모두를 실수 하나 없이 완벽하게 연주해 내서 모두를 깜짝 놀라게 했다. 밤낮으로 연습한 모양이었다.

보리스가 어려운 솔로 곡을 끝내자, 아이들은 가슴을 쓸어내리며 열광적으로 박수를 보냈다. 선생님도 안도의 숨을 내쉬었다.

"보리스, 아주 잘했다."

실망한 사람은 샘 한 명밖에 없었다. 샘은 지난번에 병원으로 가는 길에 들었던 것처럼, 보리스가 실수를 많이 하길 어느 정도 바라고 있었다. 보리스가 자기 곡까지 저렇게 잘 친다는 게 조금 마음에 들지 않았다.

샘은 자신의 존재가 아주 쓸데없다고 느껴져서, 마지막 곡에서는 딸랑이를 아예 흔들지 않았다. 그런데도 아무도 눈치를 채지 못했다. 선생님도 만족스러워했다. 중요한 건 피아노였고, 오늘은 보리스가 이 중요한 피아노를 아주 훌륭하게 연주해 냈던 것이다.

"그래도 샘한테서 악보를 빌려라. 그러면 세밀한 부분까지도 연습할 수 있을 테니."

선생님은 연습을 마치며 보리스에게 이렇게 말했다. 샘은 화가 나서 딸랑이를 악기 보관함에 휙 던져 넣었다. 이제 더 이상 연습에 오지 않기로 마음먹었다. 누가 뭐래도 절대로 오지 말아야지.

보다시피 자기가 있든 없든 아무런 상관도 없지 않은가. 의사 선생님이 써 준 진단서를 경연 대회 주최 측에 제출하면, 적어도 규정을 어겼다고 참가 자격을 박탈당하는 일은 없을 터였다.

26

다음 날 아침, 선생님은 늦여름 이야기에 관한 쪽지 시험 결과를 아이들에게 알려 주었다. 보리스와 소냐는 백점이었다.

"넌 몇 점이야?"

성적표를 나눠 줄 때마다 늘 그랬듯, 보리스가 샘에게로 다가와서 점수를 물었다. 샘은 다친 손을 들어 보였다.

"난 시험 안 봤어."

"어……, 그렇지."

보리스는 힘없이 자기 자리로 돌아갔다. 가장 좋은 점수를 받고도 별로 달갑지 않은지, 공책을 탁 덮어 책가방에 집어 넣었다.

샘은 다음번 수학 시험도 보지 않았다. 보리스가 반에서 최고 점수를 받았지만, 이번에도 별로 기뻐하지 않았다. 샘은 보리스가 그러건 말건 크게 신경 쓰지 않았다. 샘에게는 다른 고민거리가 있었다.

다음 날이 일 년에 딱 한 번 있는 운동회 날인데, 엄마가 참가해도 된다고 허락할지 걱정스러웠다. 샘의 마지막 희망은 브란트 선생님이었다.

학교가 끝나자마자 샘은 엄마와 함께 병원으로 갔다. 선생님이 붕대를 벗겨 내자, 세 사람이 동시에 샘의 손 위로 머리를 숙였다.

"음, 아주 잘 아물고 있구나. 하지만 손가락을 예전처럼 자유롭게 움직이려면 아직 시간이 꽤 걸릴 거다."

"그럼 내일 운동회는요? 적어도 달리기는 할 수 있겠죠?"

의사 선생님은 크게 문제 될 것 없다고 말했다. 그뿐 아니라, 다음 날 있을 운동회의 달리기를 위해 특별히 더 튼튼한 붕대를 감아 주었다.

27

　다음 날 아침, 학교 운동장으로 향하는 샘은 엄마 때문에 너무나 많이 화가 나 있었다. 상처에 더러운 게 묻지 않도록 조심하기만 하면 달리기를 해도 된다고 의사 선생님이 말하지 않았던가? 분명히 그렇게 말했다!

　그런데 엄마는 이번에도 의사 선생님보다 더 잘 아는 체를 했다. 샘이 일단 경기에 참가하게 되면 보나 마나 주의 사항들을 몽땅 잊어버릴 거라는 둥, 샘의 성격을 너무나 잘 알아서 하는 소리라는 둥 하면서 잔소리를 늘어놓았다.

　어제저녁에 엄마와 오랫동안 이야기를 나누었지만, 결국 칠십오 미터 달리기와 계주에 참가하려던 샘의 계획은 수포로 돌아가고 말았다. 엄마가 끝내 허락을 하지 않았던 것이다.

　"혹시라도 넘어질 경우를 생각해 봐. 손바닥으로 땅을 짚게 되지 않겠니? 그럼 네 손이 어떻게 되겠어? 아유, 생각하기도 싫어! 이번에는 절대로 안 돼!"

샘은 속이 부글부글 끓었다. 계주에 나가서 언제 한 번이라도 손바닥으로 넘어진 적이 있었던가! 어쩜 이렇게 답답할까! 지난 체육 시간에 연습한 것처럼 첫 번째 주자로 뛸 예정인 데다 배턴도 왼손으로 잡을 건데.

계주 경기를 할 때, 샘은 반에서 아주 중요한 위치를 차지하고 있었다. 샘의 반은 작년에 옆반에 졌던 치욕을 올해는 꼭 갚아 줄 작정이었다. 그런데 스벤과 데니스가 감기로 결석했기 때문에 샘까지 안 뛴다면 잘 뛰는 선수가 세 명이나 빠지는 셈이었다.

샘은 아침밥을 먹을 때까지만 해도 엄마 몰래 달리려고 마음먹고 있었다. 그런데 그런 마음을 엄마가 읽은 모양이었다. 샘이 무언가를 숨기려고 할 때면, 엄마는 늘 귀신같이 눈치를 채곤 했다.

"샘, 너 오늘 달리지 않을 거지? 약속하지?"

샘은 얼굴을 찌푸렸다.

"이게 다 너를 생각해서 그러는 거야. 손을 좀 쉬게 해야 되잖아."

"내가 뭐 손바닥으로 달리나요?"

엄마한테 확실하게 약속한 건 아니지만, 이제 정말 달리기는 물 건너가 버렸다. 샘은 화가 나서 발로 돌을 툭 걸어찼다.

원래 샘도 다른 아이들처럼 경기가 시작되기 전인 8시 무렵, 탈의실 옆에 있는 집합 장소로 가야 했다. 하지만 그곳에 가는 대신, 운동장 뒤편에서 오른쪽으로 꺾어 관람석으로 들어갔다. 그리고 위쪽으로 올라가서 편안하게 자리를 잡고 앉았다.

그리고 막대처럼 생긴 콘 프레이크를 먹으면서 운동장을 찬찬히 내려다보았다. 아직 조용한 분위기였다. 체육 선생님인 바우만 선생님만 공과 줄자, 스톱워치 등을 나눠 주느라고 이리저리 바쁘게 뛰어다니고 있을 뿐, 아이들은 모두 운동장 한쪽 구석에 모여 있었다.

펠트너 교장 선생님이 메가폰에 대고 해마다 하는 체육 대회 훈화 연설을 시작했다. 교장 선생님의 마지막 말씀이 바람을 타고 샘의 귀에 들려왔다.

"승리하는 것도 좋지만 참가하는 데 의의가 있다는 올림픽 정신을 기억합시다. 즐거운 체육 대회가 되기 바랍니다!"

울지 말자! 제발 정신 좀 차리자고! 샘은 이를 악물고 스스로를 다그쳤다. 참가하는 데 의의가 있다고? 그래, 그런데 난 지금 그저 구경이나 하고 있는걸!

165

운동장 한쪽 구석에서 핑케팡 선생님이 팔을 마구 휘젓는 모습이 눈에 들어왔다. 아마도 조를 짜는 모양이었다. 그러고 나자 곧장 소냐가 이름이 적힌 서류철을 겨드랑이에 낀 채, 여자아이들을 이끌고 멀리뛰기 모래밭으로 갔다.

모래밭에는 벌써 브로이어 선생님이 줄자를 들고 서 있었다. 발을 삐어서 경기에 참가하지 못하는 카타리나가 선생님을 돕기 위해 그곳에 함께 있었다. 샘은 바로 이런 걸 피하려고 했던 것이다. 아까 집합 장소로 갔더라면, 선생님이 샘한테도 달리기나 던지기의 도우미 노릇을 하라고 시켰을 것이 뻔했다.

보통 때는 샘도 다른 아이들처럼 체육 시간에 보조 교사 역할하기를 좋아했다. 하지만 오늘은 '보통 때'가 아니었다. 경기에 참가하지도 못하는 오늘 같은 날은 도우미 노릇도 하기가 싫었다. 만약 선생님이 엄마에게 일러바친다면……. 쳇! 그러라지, 뭐. 그런 건 이제 별로 중요하지 않았다.

관람석에 홀로 앉아 있는 샘은 무척 외로웠다. 물론 조금 있으면 몇몇 학부모들이 체육 대회를 보러, 아니 자기 아이들을 보러 올 터였다.

샘이 앉아 있는 곳 바로 아래쪽이 트랙이었다. 그러니까 지금이라도 그냥 내려가기만 하면 되었다. 보리스가 막 출발 준비를 하고 있는 모습이 보였다. 샘은 보리스가 출발선에 한쪽 무릎을 꿇고 앉아, 손을 땅바닥에 대는 모습을 잔뜩 긴장한 채 내려다보았다.

제자리에, 차렷, 출발! 다시! 누군가가 출발이 빨랐다. 달리려던 남자아이들 네 명이 서로 상대방 잘못이라고 욕을 퍼부었다. 하지만 가장 잘 보이는 위치에 있는 샘조차도 누가 먼저 출발했는지 알 수가 없었다.

두 번째 출발은 성공적이었다. 보리스는 몇 미터 지나지 않았을 때 벌써 다른 아이들을 다 제치고 1등으로 나섰다. 샘은 자기가 같이 달렸더라면 보리스가 저렇게 쉽게 1등을 할 수는 없었을 거라고 생각했다. 보리스가 1등으로 들어왔다. 하지만 자기 기록이 영 마음에 들지 않는 눈치였다.

화가 난 보리스는 바닥에서 돌을 하나 집어 들고는 관람석을 향해 던졌다. 샘은 급하게 몸을 숙였다. 돌은 샘 바로 옆을 스치고 날아갔다. 그제야 보리스가 샘을 알아보았다. 깜짝 놀란 보리스가 관람석 위로 뛰어 올라왔다. 보리스는 숨이 턱에 차서 이렇게 물었다.

"돌에 맞았어? 널 못 봤어. 정말이야. 나는 그냥……."

샘은 자리에서 일어나면서 대답했다.

"괜찮아."

"그냥 화가 나서 돌을 던진 거야. 기록이 너무 나빴거든."

"괜찮다니까."

샘은 보리스와 말을 하기 싫었다. 보리스뿐 아니라 그 누구와도 말하기 싫었다. 사람들이 자기를 그냥 가만히 내버려 두기만 바랄 뿐이었다. 샘은 보리스를 쳐다보지도 않고, 두 줄 위로 더 올라가 앉았다. 보리스가 샘을 따라 올라왔다.

"오십 미터에 8.3초야. 기록이 이렇게 나쁘긴 처음이야. 네가 같이 뛰었더라면 나도 더 빨리 뛰었을 텐데……."

샘은 '그래서 뭐 어떡하라고?' 하는 표정으로 어깨를 으쓱했다. 그게 뭐 내 잘못인가……. 하지만 8.3초면 정말 나쁜 기록이긴 했다. 샘은 보리스가 저렇게 화가 난 걸 충분히 이해할 수 있을 듯했다.

그런 기록으로는 도저히 상을 탈 수 없었다. 다른 데서 점수를 회복할 수 없을 정도로 나쁜 기록인 셈이었다. 샘은 보리스가 조금 안됐다는 생각마저 들었다. 그래서 뭔가 위로를 해 주고 싶었다.

"나도 달리고 싶었는데, 우리 엄마가 뛰지 못하게 했어. 넘어질까 봐 위험해서 안 된대."

보리스가 고개를 끄덕였다.

"우리 엄마도 그래. 만날 걱정이 태산 같지. 11시에 계주 경기가 있는데, 응원하러 내려올 거지?"

"봐서……."

보리스는 이내 계단을 뛰어 내려갔다. 샘은 11시 조금 못 되었을 때, 자리에서 일어나 자기 반이 달리기 준비를 하고 있는 장소로 갔다.

"어, 샘! 너, 우리랑 같이 뛰지 않아?"

샘은 고개를 저으며, 아이들의 한쪽 옆으로 비켜섰다. 예상대로 계주 경기에서 옆반이 이겼다. 샘은 화가 났다. 엄마 나빠! 다친 손도 너무 짜증나!

28

샘은 점심때가 되어 집으로 돌아가면서도, 아침에 학교 갈 때만큼이나 화가 잔뜩 나 있었다. 엄마는 벌써 일하러 가고 없었다. 엄마에게는 어쩌면 다행스런 일일지도 모르지만, 샘에게는 더욱더 울화가 치미는 일이었다. 화를 받아 줄 사람이 아무도 없었으니까.

옆집 아줌마한테서 열쇠를 받아 왔다. 아줌마는 과일즙을 넣어 만든 푸딩을 접시에 담아 주었다.

"네가 좋아하는 바닐라 소스를 듬뿍 넣었어. 그리고 무슨 일이 생기면 곧바로 우리 집에 달려와. 오늘은 오후 내내 집에 있을 거야."

푸딩을 보자 그나마 기분이 조금, 아주 조금 좋아졌다. 샘은 거실에 앉아 텔레비전을 보면서 찻숟가락으로 푸딩을 천천히 떠먹었다. 엄마는 음식을 먹을 때는 텔레비전을 보지 못하게 했다.

그뿐 아니라, 후식도 언제나 다른 음식을 다 먹은 다음 마지막에 먹으라고 했다. 하지만 오늘 샘은 자기가 하고 싶은 대로 하면서 다친 마음을 위로하고 싶었다.

나도 뭔가 내 마음대로 할 수 있는 일이 있어야 하지 않겠어? 비록 그게 하찮은 푸딩일지라도.

샘은 푸딩을 먹기 전에 일부러 손을 씻지 않았다. 지금은 어차피 한 손만 더러워지는 거니까. 다른 한 손은 하얀 붕대 안에 깨끗하게 잘 있을 터였다. 하지만 이제 붕대도 아주 하얗지는 않았다.

푸딩을 먹은 다음에는 뭘 해야 할지 몰라 그냥 시간을 흘려보냈다. 텔레비전 채널을 이리저리 돌려 보다가 결국은 그것도 지루해져서 아예 꺼 버렸다.

아무것도 하고 싶지 않았다. 나중에 소녀가 오기로 했지만 그때까지는 아직 시간이 많이 남아 있었다.

샘은 자기 방에 들어가 레고를 맞춰 보기도 하고, 장난감 자동차를 집어 들고 빙빙 돌려 보기도 했다. 아무거나 마음대로 할 수 있는 시간이 넉넉한데도, 이렇게 정말 아무것도 하기 싫은 날이 있다니……. 참 이상한 일이었다.

그때 책장 위에 놓여 있는 그림 물감 상자가 눈에 띄었다. 스물네 가지 색깔에 흰색이 하나 더 들어 있었다.

샘은 붓을 집어 들고, 파레트에 흰색과 갈색을 잘 섞었다. 연갈색 같기도 하고 오렌지색 같기도 한 색깔이 새롭게 만들어졌다. 흰색을 조금씩 더 넣자, 점점 더 밝은 갈색으로 바뀌었다.

그리고 현관에 있는 거울 앞으로 가서 섞은 물감을 얼굴에 펴 발랐다. 먼저 코에 바른 다음 이마와 뺨, 입 주위에 골고루 발랐다. 잘 발라지지 않은 부분에도 마저 꼼꼼하게 덧발랐다. 붓 때문에 얼굴이 간지러웠다. 남은 물감은 손가락으로 쓱쓱 문질러 발랐다.

그러고 나서 거울에 자신의 얼굴을 비춰 보았다. 결과는 생각했던 것보다 영 신통치 않았다. 파레트에 섞어 놓은 색깔은 꽤 밝았지만, 갈색 피부 위에 덧바른 색깔이 그다지 밝지가 않았다.

샘은 튜브에 남은 흰 물감을 얼굴에 대고 모두 짠 다음, 손으로 골고루 펴 발랐다. 그러고는 거울에서 두 발자국 물러서서 자신의 얼굴을 다시 한 번 찬찬히 살펴보았다.

얼굴이 아주 낯설게 보여서 마음에 들지 않았다. 흰색을 더 발라 보았지만, 원래의 갈색 피부가 밖으로 비쳐 보이는 건 마찬가지였다.

엄마 아빠의 피부색이 하얗다면 난 어땠을까. 사람들이 거리에서 날 쳐다보는 일도 없을 거고, 또 내가 독일어를 잘하는 것이 이상하게 생각되지도 않을 테지. 그런데 내가 독일어 말고 대체 어느 나라 말을 잘해야 한다는 거지?

29

초인종이 울렸다. 소냐겠지……. 흰 물감을 덕지덕지 칠한 내 얼굴을 보고 그 애는 과연 뭐라고 할까? 이윽고 샘이 문을 열었다. 그런데 문 앞에는 뜻밖에도 보리스가 서 있었다!

샘은 놀란 표정으로 보리스를 쏘아보았다. 보리스가 찾아오리라고는 꿈에도 생각지 못했다. 애는 왜 찾아온 거지? 하필이면 얼굴에다 이렇게 하얀 물감을 덕지덕지 바르고 있을 때 나타나다니! 그야말로 창피스러워 죽을 지경이었다.

보리스도 불편하기는 마찬가지였다. 악보를 얻으러 샘의 집에 오는 것 자체가 아주 어려운 결단이었다. 그래서 샘에게 뭐라고 말할지 미리 생각을 해 둔 참이었다.

그런데 흰 물감을 얼굴에 잔뜩 바른 샘이 문을 열어 주는 순간, 힘들여 생각해 둔 말들이 머릿속에서 모두 흩어져 사라지고 말았다. 보리스는 입을 쩍 벌린 채 멍한 표정으로 샘의 얼굴을 쳐다보았다.

"너, 지금 뭐 하는 거야?"

잠시 후, 정신을 차린 보리스가 물었다. 샘은 당황스런 표정으로 애써 웃으며 말했다.

"어, 내 피부가 희다면 어떻게 보일지 한번 실험해 봤어. 네 생각은 어때? 더 낫지 않아?"

보리스는 얼굴이 빨개져서 어색하게 대꾸했다.

"그런 이상한 소리 하지 마."

둘은 아무 말 없이 한참 동안 그렇게 서 있었다.

"저기……, 뭐 좀 물어볼 게 있어서. 좀 들어가도 될까?"

샘은 보리스가 현관 안으로 들어올 수 있도록 옆으로 한 걸음 비켜섰다. 현관문은 그대로 열어 둔 채였다. 둘은 또 아무 말 없이 벽만 보고 서 있었다.

잠시 후 보리스가 어렵사리 말을 꺼냈다.

"네가 아직 연습하러 가지 않아서 다행이다."

샘은 아무 대꾸도 하지 않았다.

"내가……. 아니, 펑케팡 선생님이 너한테서 악보를……."

샘이 자기 방에 있는 피아노 쪽으로 걸어가자, 보리스가 그 뒤를 졸졸 따라갔다.

"자, 여기 있어."

샘이 악보를 내밀었다. 하지만 보리스는 유리창 앞에 서서 비닐을 보느라고 이 소리를 듣지 못했다.

"너, 그날 여기 서 있었어?"

보리스가 나직이 물었다. 샘이 고개를 끄덕였다.

"응, 창문 바로 앞에."

"그때 무슨 일이 벌어졌어?"

샘은 '그 사건'에 대해 하필이면 보리스와 이야기를 나누게 되리라고는 꿈에도 생각지 못했다. 지난 며칠 동안 누군가가 그 일을 물어 주길 간절히 바랐다. 그러나 모두들 다친 손을 걱정하면서 아주 친절하게 대하기는 했지만, 아무도 그 사건 자체에 대해 이야기하거나 묻는 사람은 없었다.

엄마 아빠도 불안해서 그런지 애써 그 주제를 피하려고 했다. 둘이 있을 땐 그 이야기를 하는지 알 수 없지만, 어쨌든 샘 앞에서는 절대로 내색하지 않았다.

"그 일은 잊도록 노력해. 그렇지 않으면 공포심 때문에 무척 힘들어져. 우리가 어쩌다 보니 이곳에 정착하여 살게 됐는데, 여기 사는 한 그런 일은 얼마든지 또 생길 수도 있어. 그걸 늘 염두에 둬야 해."

아빠는 그저 이렇게만 말했다. 핑케팡 선생님이나 옆집 아줌마, 또 이 건물에 사는 다른 이웃들도 그날 저녁에 일어났던 일에 대해 일체 말을 하지 않았다. 그러나 다친 손은 어쩔 수 없이 눈에 띄었으므로 사람들을 시시때때로 당황스럽게 만들었다.

"아직 아프니?"

사람들이 물으면 샘은 늘 아니라고 했다. 이 대답을 원한다는 걸 잘 알고 있었으므로…… 이제 더 이상 그 사건을 묻는 사람이 없을 거라고 생각했는데, 하필 보리스가 물어 온 것이었다.

"그때 무슨 일이 벌어졌어?"

샘은 그날 저녁의 일을 술술 풀어 놓기 시작했다. 보리스는 한마디도 하지 않고 샘의 말에 귀를 기울였다. 그러고는 비닐을 붙인 유리창 가에 서서 조심스럽게 바깥을 내다보며, 손가락으로 건너편 건물에 있는 어느 집의 발코니를 가리켰다.

"그날 난 저기 서 있었어."

"알아, 나도 봤어. 너랑 네 아빠가 거기 서 있는 거."

보리스 얼굴이 또 한 번 빨개졌다. 보리스는 샘이 계속해서 말해 주길 바랐지만, 한참이 지나도 아무 말을 하지 않자 다시 말을 꺼냈다.

"그래서?"

"그래서 뭐?"

"내 말은, 네가 날 봤을 때 무슨 생각을 했냐고."

샘은 어깨를 으쓱해 보였다.

"아무 생각도 안 했어. 다른 사람들도 모두 너처럼 서서 보고 있었잖아."

"그때 내가 뭔가 했어야 하지 않을까? 아무거라도……. 여기서 보니까 모든 게 무척 다르게 느껴져."

샘은 창밖을 물끄러미 내다보았다.

"새 유리는 내일이나 되어야 갈아 끼울 수 있대. 경비 아저씨 말로 기술자들이 늘 그렇게 늑장을 부린다더라."

그리고 둘은 다시 무슨 말을 해야 할지 몰라 아무 말 없이 한참 동안 서 있었다. 샘은 보리스의 손에 악보를 쥐어 주었다.

"너, 이제 가야 해. 안 그러면 늦을 거야."

"너는?"

샘은 등을 돌리면서, 비뚤어지지도 않은 책장의 책들을 바로 세웠다.

"난 안 가."

보리스가 악보를 한번 넘겨 본 뒤 시계를 들여다보았다.

"그래, 이제 가야겠다."

보리스는 아직도 책을 바로 세우고 있는 샘을 힐끗 쳐다보고는 등을 돌려 나갔다. 샘은 보리스가 악보를 자전거 바구니에 담고 출발하는 것을 창문 너머로 지켜보았다. 보리스는 뒤를 한번 돌아보더니, 이내 모퉁이를 돌아 사라졌다.

30

10분 후, 초인종이 다시 울렸다. 처음에 샘은 문을 열려고 하지 않았다. 손님을 또 한 번 맞이할 기분이 아니었던 데다, 얼굴의 물감도 반밖에 지우지 못했던 것이다. 그러나 초인종 소리가 멈추지 않자, 할 수 없이 현관으로 달려 나가서 화를 내며 문을 열어젖혔다.

또 보리스였다! 보리스는 손에 악보를 든 채 숨을 헉헉 몰아쉬고 있었다. 처음에 샘은 자기가 실수로 보리스에게 다른 악보를 준 모양이라고 생각했다.

"연습이 취소됐어?"

"나도 안 갈래. 생각이 바뀌었어."

"너, 제정신이야? 핑케팡 선생님한테 혼나고 싶어?"

"너랑 연습할래."

"왜? 넌 벌써 다 할 줄 알잖아. 내가 하려던 곡까지."

"네가 피아노를 치란 말이야."

샘은 제 이마를 손가락으로 톡톡 쳤다.

"너 아주 돌았구나, 응? 내가 칠 수 없다는 걸 잘 알고 있으면서. 지금도 못 치지만 이 주 후에도 못 쳐. 내가 벌써 다 해 봤다고. 오른손이 너무 늦단 말이야."

"하지만 왼손으로는 칠 수 있잖아. 내가 생각해 봤는데, 우리 둘이 세 곡 모두 같이 치면 될 것 같아. 너는 왼손으로 치고 나는 오른손으로 치는 거야."

샘은 고개를 세차게 흔들었다.

"너, 완전히 돌았구나! 그런 게 가능하다고 생각해? 그리고 도대체 왜 그래야 하는데? 너 혼자 연주하는 걸 기뻐해야 하는 거 아니야? 너, 그러고 싶어 했잖아. 선생님이 네가 치려던 곡을 나한테 줬을 때, 네가 날 얼마나 미워했는지 잊어버렸어? 이제 네가 다 칠 수 있잖아!"

보리스는 얼굴이 빨개져서 소리를 질렀다.

"하지만 이제 싫어! 무슨 말인지 모르겠어? 머리가 그렇게 안 돌아? 네가 같이하지 않으면 1등도 싫단 말이야! 쪽지 시험이든, 달리기든, 피아노든! 그래, 내가 지금 1등이야. 하지만 그게 다 네가 하지 않았기 때문인지도 모르잖아. 그건 경쟁도 아니라고! 알아들어?"

샘은 어깨를 으쓱했다.

"좋아, 네가 굳이 그 바보 같은 딸랑이를 흔들겠다면 할 수 없지. 그럼 난 간다."

딸랑이가 결정타를 날렸다. 보리스가 계단에 막 내려서려는 순간, 샘이 마침내 반응을 보였다.

"기다려, 그럼 한번 해 보자."

샘이 보리스의 뒤를 따라가며 말했다.

31

그다음 두 시간은 아주 고역스러웠다고 표현하는 것이 가장 알맞을 듯한 상황이었다. 어떤 때는 샘의 왼손이 빨리 나갔고, 어떤 때는 보리스의 오른손이 더 빨랐다.

한 사람이 연주를 할 때도 왼손과 오른손을 맞추기가 어려울 때가 있다. 하물며 두 사람이 함께 연주를 할 때에야 말해 무엇하랴. 이런 일은 거의 불가능해 보였다, 거의⋯⋯. 샘은 여러 번 포기를 하려고 했다.

"도저히 안 되겠다. 경연 대회 때까지 절대로 끝내지 못해. 너 혼자 쳐. 세 곡 모두 잘 치잖아."

하지만 보리스는 포기하지 않았다.

"네가 같이하지 않으면 나도 안 할 거야. 그럼 경연 대회에 참가하지 못하게 될 거고, 그 책임은 너한테 있는 거다!"

샘은 할 수 없이 연습을 계속했다. 다음 날도, 그다음 날도 계속…….

학교에서 연습할 때는 일단 보리스 혼자서 피아노를 쳤다. 확실하게 칠 수 있다고 자신하기 전까지는 둘의 연습 사실을 아무에게도 알리고 싶지 않았다.

어쨌든 샘이 다시 연습 시간에 나타나자, 핑케팡 선생님은 안도의 숨을 내쉬었다.

"거봐, 샘. 괜찮지? 함께 참가한다는 게 중요한 거야. 전체적인 조화를 위해서는 딸랑이도 중요해."

그러고는 보리스를 쏘아보며 덧붙였다.

"너희 모두 경연 대회 때까지 연습에 빠지면 절대로 안 된다. 한 명도 예외는 없어!"

아이들은 모두 고개를 끄덕였다. 연습이 시작되자 샘은 착실하게 딸랑이를 흔들었다. 이제 연습하는 게 재미있게 느껴졌다. 샘은 연주를 하고 있는 아이들의 얼굴을 자세히 살펴보았다.

스벤은 퍼커션을 연주하고 있었고, 소냐는 플루트를 부는 아이들 틈에 끼어 있었다. 실로폰이 여섯 명, 종이 세 명, 트라이앵글이 두 명이었다. 또 몇 명은 두께가 약간씩 다른 둥근 나무를 두드렸다.

모두들 나름대로 열심히 연주에 참가하고 있었다. 음악보다는 축구장에서 노는 것을 더 좋아하는 베른트조차도 함께 연주하면서, 자기가 북을 칠 곳을 놓치지 않고 제대로 찾아 들어가며 무척 만족스러운 표정을 짓고 있었다.

샘은 선생님이 지휘하는 모습도 지켜보았다. 각 파트가 연주할 차례가 되면 지휘봉으로 손짓을 보내기도 하고, 중단하고 처음부터 다시 시작해야 할 때는 지휘대를 급하게 탁탁 치기도 했다.

"내가 보리스랑 같이 피아노 앞에 앉으면 선생님과 아이들이 깜짝 놀라겠지."

이 일을 알고 있는 사람은 소냐밖에 없었다. 샘과 보리스가 약속을 한 바로 그날, 소냐는 샘의 집 앞에서 보리스를 만났다. 보리스가 샘에게 뭔가 나쁜 짓을 꾸미고 있다고 생각하고, 마구 악을 쓰며 계단으로 밀쳐 버리려고 했다.

다행스럽게도 샘이 복도에서 소란스러운 소리가 나는 걸 듣고 나가 보았다. 그리고 둘은 소냐에게 자신들의 계획을 털어놓았다. 그 후로 소냐는 둘이 연습을 할 때 아주 지독한 비평가가 되었다. 어떤 때는 너무 심해서 참기 힘들 정도였다. 사사건건 잔소리를 하지 않을 때가 없었다.

경연 대회가 가까워 오는데도 세 곡 중 어느 것 하나 소냐가 만족할 만한 결과를 내놓지 못하자, 샘과 보리스는 신경이 점점 더 날카로워졌다. 특히 총연습 전날에는 어찌나 짜증이 나던지, 소냐를 문밖으로 내쫓아 버릴 생각까지 했다.

하지만 소냐는 두 사람의 화를 돋우려고 잔소리를 하는 게 아니었다.

"너희가 틀릴 때마다 내가 바로 지적하는 게 더 좋지 않겠어? 내일 다른 아이들 앞에서 실수를 하는 것보다 백 번 더 낫지 않겠냐 말이야."

하지만 나중에는 소냐도 만족스러워했다.

"어쨌든 내일 그냥 한번 해 보는 거야. 선생님이 뭐라고 하실지 정말 궁금하네."

그날 밤, 세 사람은 너무너무 흥분하여 잠을 제대로 잘 수가 없을 지경이었다.

32

다음 날 총연습에는 부모님들이 모두 초대를 받았다. 핑케팡 선생님은 아이들이 음악원 대강당에서 열리는 진짜 경연 대회에서 심사 위원들과 청중들을 앞에 두고 연주하기 전에, 부모님들 앞에서 연습 삼아 연주를 해 보는 것이 좋겠다고 생각한 것이었다.

샘의 부모님도 오기로 했다. 솔직히 말해서 부모님은 샘의 손이 경연 대회 전까지 낫기를 간절히 바랐다. 하지만 지금으로서는 샘이 경연 대회에 참가하기로 마음먹은 것만으로도 무척 기뻤다.

샘에게 늘 말했듯이, 딸랑이를 흔드는 것도 뭐 그렇게 나쁜 건 아니었다. 어디까지나 경연 대회는 참가하는 데 의의가 있는 거니까. 그러면서도 한편으로는 애초의 계획대로 아들이 피아노를 친다면 얼마나 좋았을까, 하는 생각이 들지 않는 건 아니었다.

엄마는 점심을 먹으면서 샘의 얼굴을 눈여겨보았다. 샘은 스파게티를 돌돌 말아 기분 좋게 먹고 있었다.

'저렇게 빨리 잊어버리다니, 참 다행이야. 하여간 아이들이란…….'

반 아이들은 부모님들이 들어오기 전에 마지막으로 한 번 더 연습을 해 보기 위해, 30분 전에 학교 강당에 모여 있었다. 보리스가 그 자리에서 샘과 같이 연주를 하려고 연습했다는 말을 꺼냈을 때, 핑케팡 선생님은 사실 이 문제를 그리 심각하게 받아들이지 않았다.

선생님도 물론 처음에는 이 아이디어가 썩 마음에 들지는 않았다. 하지만 샘과 보리스의 끝없는 싸움이 이제는 끝난 듯이 보여서 그것만으로도 기쁘고 감사했다. 그 때문에 자기 반이 1등을 하든 못 하든 별로 중요하지 않다고 생각했다.

하지만 반 아이들의 생각은 달랐다. 꼭 1등을 하고 싶었다. 그래서 몇 주씩이나 피나게 연습을 했던 게 아닌가! 보리스와 샘이 더 이상 싸우지 않는 것이야 좋은 일이지만, 그렇더라도 이런 식으로 하면 안 되지!

그리고 둘이 피아노를 군이 같이 치겠다면 말리지야 않겠지만, 왜 하필이면 지금처럼 중요한 시점에서 그러는가 말이다. 나중에 몇 주든 몇 달이든 충분히 시간이 있는데, 군이 경연 대회에서 함께 치겠다니! 저희끼리 화해를 하면 했지, 우리 반이 상을 받을 기회를 앗아 가려는 건 도대체 무슨 속셈이람?

총연습 시간에 샘과 보리스가 피아노 앞에 같이 앉자, 아이들은 곧바로 이런 반응을 보였다. 둘이 어떻게 치는지 들어 보려고도 하지 않았다. 이런 새로운 시도를 하기에는 이미 너무 늦었다는 것이다.

총연습 때는 평소의 연습에서 부족했던 점만 보충하고, 경연 대회에 나가기 전에 마지막 점검을 하는 것이다. 그런데 하필 이제 와서 오케스트라에서 가장 중요한 역할을 두 명이서 같이하겠다니! 둘이서 한 손씩 사용해 피아노를 치겠다고? 그런 일은 정말 보다 보다 처음 들어 보는 얘기였다.

보리스와 제일 친한 데니스조차도 이 아이디어에는 회의적이었다.

"둘이 함께 연주하는 건 다음 학예회로 미루는 게 좋지 않겠어?"

"그때는 이중주를 할 거야. 네 손으로 말이야."

보리스가 대꾸했다.

"그때는 샘의 손이 다 나을 테니까. 우리는 지금 '같이' 연주

하는 게 중요하다고! 알아들어?"

아니, 데니스는 알아듣지 못했다. 그리고 알아듣고 싶지도 않았다. 어쩌면 지금 데니스는 샘과 보리스가 이렇게 친해진 것에 조금 질투가 난 건지도 몰랐다.

그래서 다시 한 번 말했다.

"선생님, 뭐라고 말씀 좀 해 주세요. 저 애들 둘이 경연 대회를 다 망쳐 놓으려고 하잖아요!"

"둘이 같이하는 게 아니라면 난 안 해! 나 혼자서는 절대로 안 할 거야!"

보리스가 말했다. 이 말이 어느 정도 정당하지 못하다는 것은 스스로도 잘 알고 있었다. 피아노 연주자가 없으면 경연 대회에 나갈 수가 없었다. 이 말에 곧장 스벤이 북채를 머리 위에서 흔들어 대며 소리를 질렀다.

"그런 협박이 세상에 어디 있어?"

지금까지 아이들이 다투는 소리를 아무 말 없이 듣기만 하던 선생님이 한 가지 타협안을 내놓았다.

"샘이랑 보리스한테 둘이 연주하는 게 정말 가능한지 일단 기회를 한번 줘 보자. 우리가 연주할 곡들을 모두 한번 해 보는 거야. 둘이서 하는데도 보리스 혼자 연주할 때처럼 잘한다면 내일도 둘이서 하는 거고, 그렇지 않으면 보리스는 피아노를 치고 샘은 딸랑이를 하는 거다. 어때?"

선생님의 제안에 아이들은 이러쿵저러쿵 말이 많았지만, 결국은 모두 동의를 했다. 선생님이 곧 지휘봉을 높이 쳐들었다.

33

바로 그 순간, 경비 아저씨가 강당으로 뛰어 들어왔다.

"핑케팡 선생님, 학부모님들을 들여보내야겠는데요. 지금 문 앞에 있어요. 총연습이 4시에 시작된다고 하셨잖아요."

아니, 세상에! 선생님은 화들짝 놀라며 손목시계를 내려다 보았다. 벌써 4시 5분이었다. 아직 맞춰 보지도 못했는데! 더구나 샘이랑 보리스 일은 또 어쩌나? 선생님은 눈앞이 캄캄해졌다. 내 이력에 아주 큰 금이 가게 생겼구나, 하는 생각이 들었다.

방법은 하나뿐이었다. 이 시도를 막아야 했다. 선생님은 샘과 보리스에게로 몸을 돌린 뒤 어렵사리 말을 꺼냈다.

"얘들아, 미안하다. 내 생각엔 아무래도……."

보리스가 선생님을 쏘아보자, 선생님은 말을 멈추고 숨을 크게 들이마셨다. 이번에는 선생님의 그 '단호한' 눈초리도 소용이 없었다. 아니, 오늘은 정반대로 보리스가 선생님에게 아무런 말도 하지 말라는 듯한 눈초리를 보냈다. 선생님이 샘과 함께 피아노를 치도록 허락하지 않으면, 보리스는 연습을 이대로 팽개치고 말 기세였다.

좋아, 할 수 없다. 총연습이 완전히 실패로 끝나는 일은 꽤 흔하니까. 선생님이 경비 아저씨에게 문을 열라고 손짓했다. 2분 후, 학부모들이 밀려 들어왔다. 선생님은 짧게 인사말을 한 다음, 다시 지휘봉을 높이 들어 올렸다.

부모님들이 소곤거리는 소리가 잦아들더니, 이내 아주 조용해졌다. 보리스와 샘은 처음에 너무나 흥분해서 한 박자를 빨리 나가고 말았다.

아이들이 그거 보라는 듯이 서로의 얼굴을 쳐다보았다. 거봐, 우리가 안 된다고 했지? 핑케팡 선생님은 입술을 꽉 깨물었다. 어디론가 아주 멀리 사라져 버리고만 싶었다.

하지만 선생님은 얼른 다시 시작했다. 세 곡을 차례로 연주했는데, 연주 도중 두 번 아이들을 중단시켜야 했다. 그러나 두 번 모두 샘과 보리스 때문이 아니었다. 한번은 플루트가, 또 한번은 큰북이 자기가 들어갈 때를 놓쳤다. 아이들은 연주를 하면서도 연신 피아노를 곁눈질하고 있었던 것이다.

학부모들은 한 곡이 끝날 때마다 열광적으로 박수갈채를 보냈다. 보리스의 부모님도 왔다. 보리스 엄마는 처음에 보리스와 샘이 같이 연주하고 있는 걸 보고 약간 화가 나서 팔꿈치로 보리스 아빠를 살짝 치면서 이렇게 물었다.

"저 흑인 아이가 보리스 옆에서 뭐 하는 거죠? 왜 보리스 혼자서 치지 않고?"

"아, 쟤는 샘이야. 우리 집 건너편에 사는데, 왜 그 곰 인형 말이야. 그 곰 인형 주인이야."

보리스 아빠가 대답했다.

"그런데 쟤가 왜 보리스랑 같이 피아노를 치냔 말이에요. 둘이서 한쪽 손으로 치다니, 저런 게 세상에 어디 있대요?"

보리스 아빠는 저런 게 어떻게 가능한지 설명할 수는 없었지만, 아주 기발한 아이디어라고 생각했다. 더구나 둘이서 저렇게 잘 치지 않는가!

보리스와 샘은 정말 잘해 냈다. 둘은 지난 이 주간 끝없는 잔소리로 자기들을 괴롭힌 소녀에게 아주 고마운 마음이 들었다. 소녀의 잔소리는 들을 만한 가치가 충분히 있었다! 샘이 건반을 딱 한 번 잘못 누르긴 했지만, 보리스 말고는 아무도 눈치채지 못했다.

총연습이 끝나자, 강당이 박수 소리로 떠나갈 듯했다. 아이들은 샘과 보리스가 피아노를 아주 잘 연주했다는 걸 모두 인정했다. 보리스 혼자 연주할 때와 다를 바가 없었던 것이다. 핑케팡 선생님도 만족했다.

"이런 실험적인 시도가 성공을 거두었구나. 자, 그럼 오늘은 모두 푹 자고 내일 아침 9시까지 강당으로 모여라. 우리가 1, 2, 3등 중 하나는 분명히 할 거야."

10분 후 운동장. 경비 아저씨가 마뜩찮은 표정으로 머리를 흔들었다. 교내에서 자전거 타는 게 엄하게 금지되어 있는데도, 소냐와 보리스와 샘이 운동장을 지그재그로 달리며 교문으로 가고 있었기 때문이다.

게다가 이 세 명은 모두 핸들을 놓은 채, 마치 자전거 경주에서 방금 우승이라도 한 듯 손을 머리 위로 뻗쳐 올리고 있었다. 여전히 머리를 흔들며 서 있던 아저씨가, 아이들이 나간 다음 교문을 닫으며 중얼거렸다.

"하여간 요즘 애들이란……. 머릿속에 장난칠 생각밖에는 없단 말이야."

그 후의 이야기

다음 날 오전에 열린 음악 경연 대회에서 샘의 반은 1등을 놓쳤다. 1등 상은 이웃에 있는 다른 학교의 한 학급이 받았는데, 이 학급은 샘네 반보다 훨씬 더 오래전부터 연습을 했고 또 경험도 많았다.

조금 아쉽긴 하지만 샘의 반 아이들은 2등이라는 결과에 무척 만족했다. 대회가 시작되기 전에 예상했던 것보다 더 좋은 성적이었다.

더구나 1등을 하지 못했는데도 바다로 여행을 갈 수 있게 되었다. 그것도 자기들이 처음에 반대했던 샘과 보리스의 피아노 연주 덕분에! 은행 측에서 이 두 사람에게 피아노 이중주 특별상을 주기로 결정했던 것이다. 반 아이들 모두를 사흘 동안 발트해로 여행 보내 주는 게 2등 상품이었다.

옮긴이 **전은경**

한양대학교 사학과를 졸업하고 독일 튀빙엔 대학교에서 고대 역사 및 고전 문헌학 전공으로 석사학위를 취득했다. 현재 독일어 전문 번역가로 활동하고 있으며, 《못된 장난》, 《데미안》, 《나보다 어린 우리 누나》, 《나무와 친구들》, 《한나 로트롭의 자연주의 모유 수유》, 《16일간의 세계사 여행》 등 많은 책을 우리말로 옮겼다.

그린이 **허구**

서울대학교 미술대학 회화과를 졸업했다. 현재 어린이 책과 청소년 책에 그림을 그리고 있다. 그린 책으로 《서라벌의 꿈》, 《처음 받은 상장》, 《용구 삼촌》, 《금두껍의 첫 수업》 등이 있다.

커피우유와 소보로빵

첫판 1쇄 펴낸날 2006년 2월 3일
70쇄 펴낸날 2024년 9월 20일

지은이 카롤린 필립스 **옮긴이** 전은경 **그린이** 허구
발행인 조한나
주니어 본부장 박창희
편집 박진홍 정예림 강민영
디자인 전윤정 김혜은 **마케팅** 김인진
회계 양여진 김주연

펴낸곳 (주)도서출판 푸른숲
출판등록 2003년 12월 17일 제2003-000032호
주소 경기도 파주시 심학산로 10, 우편번호 10881
전화 031) 955-9010 **팩스** 031) 955-9009
인스타그램 @psoopjr **이메일** psoopjr@prunsoop.co.kr
홈페이지 www.prunsoop.co.kr

ⓒ푸른숲주니어, 2006
ISBN 978-89-7184-459-5 43850
     978-89-7184-419-9 (세트)